**Süddeutsche Zeitung Bibliothek – München erlesen** | **Herbert Achternbusch** – Die Olympiasiegerin • **Alfred Andersch** – Der Vater eines Mörders • **Friedrich Ani** – Süden und der Straßenbahntrinker • **Ernst Augustin** – Die Schule der Nackten • **Max Bronski** – München Blues • **Lena Christ** – Die Rumplhanni • **Lion Feuchtwanger** – Erfolg • **Oskar Maria Graf** – Wir sind Gefangene. Ein Bekenntnis • **Ödön von Horváth** – Der ewige Spießer • **Wolfgang Koeppen** – Tauben im Gras • **Annette Kolb** – Die Schaukel • **Walter Kolbenhoff** – Schellingstr. 48. Erfahrungen mit Deutschland • **Thomas Mann** – München leuchtete • **Andreas Neumeister** – Salz im Blut • **Gräfin Franziska zu Reventlow** – Herrn Dames Aufzeichnungen • **Josef Ruederer** – Das Erwachen • **Andrea Maria Schenkel** – Kalteis* • **Siegfried Sommer** – Und keiner weint mir nach • **Ludwig Thoma** – Münchnerinnen • **Uwe Timm** – Heißer Sommer • **Karl Valentin** – Die Jugendstreiche des Knaben Karl

**Ausgewählt von der Feuilletonredaktion der Süddeutschen Zeitung | 2008**





* exklusiv für Bezieher der Gesamtedition, in dieser Ausgabe nicht als Einzelband erhältlich

Lena Christ

# Die Rumplhanni

Lena Christ

# Die Rumplhanni

*Roman*

Süddeutsche Zeitung Bibliothek

**Bibliografische Information der Deutschen Nationalbibliothek**
Die Deutsche Nationalbibliothek verzeichnet diese Publikation in der Deutschen Nationalbibliografie.
Detaillierte bibliografische Daten sind im Internet über http://dnb.d-nb.de abrufbar.

Dieser Roman wurde erstmals 1916 veröffentlicht.

Titelfoto: Rainer Kraus/Blende 13
Autorenfoto: SV-Bilderdienst
Klappentext: Dr. Harald Eggebrecht
Gestaltung: Eberhard Wolf
Grafik: Dennis Schmidt
Projektleitung: Dirk Rumberg
Produktmanagement: Sabine Sternagel
Satz: vmi, Manfred Zech
Herstellung: Hermann Weixler, Herbert Schiffers
Druck und Bindearbeiten: CPI – Ebner & Spiegel, Ulm
Printed in Germany
ISBN 978-3-86615-638-8

Es ist um den Abend des Tags, da man schreibt den fünften August eintausendneunhundertvierzehn. Die Sonn geht langsam hinter den alten Zwiebelturm der Kirche zu Öd, scheint noch eine Zeitlang auf die Bergwände da hinten, weit hinter Höhenrain und Kirchdorf, daß sie flimmern und brennen, und verschwindet dann gemach hinter den Wäldern vor Frauenreuth. Aus der Hufschmiede, die an der Straße gegen Ostermünchen steht, dringt noch beißender Rauch. Der alte Hufschmied schlägt fluchend und kreistend dem feisten Bräundl des Reiserbauern von Vogelried das letzte Eisen an den Huf; sein Gsell, der Pauli, löscht singend und pfeifend die Glut der Feuerung, und der Lehrbub räumt verdrossen die Werkzeuge auf.

»Soo!« sagt endlich der Schmied und strafft seinen Rücken zur Höh; »Herrvergeltsgood, dees hätt' ma wieder! – Jetz schaug nur, Reiser, daß er guat hintrekimmt auf Frankreich, dei Häuter!« Der Reiser verzieht das Gesicht zu einem halben Lächeln.

»Werd scho umifindn!« meint er dann und weist den Gaul gemächlich aus der Schmiede; »und jetz sag i dir halt no an scheen Dank und guat Nacht!«

»Es is scho recht!« sagt der Schmied und hängt sein Schurzfell an den Haken hinterm Tor; »guate Nacht aa!«

»I laß dein Kaschba a guats Hoamkemma wünschen, sagst!« – »I dank dir, Reiser.« – »Und an Franzl aa, balst eahm schreibst!« – »Der is scho dahi – anorts – gega Frankreich, moanet i.«

»Aha.« Der Reiser gibt seinem Bräundl einen Tatsch mit der flachen Hand und ruft: »Hüa, Alter! Zua, sag i.

Mit dir geht's morgn aa dahi!« Und lenkt ihn in einem leichten Trab heimzu, indes der Schmied in die Werkstatt ruft: »Alsdann, Pauli, Bua, Feiramd macha! – Für heunt glangts!" Worauf er zum Brunnen geht und sich wäscht.

»Feiramd! Daß 's Gott gsegn!« sagt der Pauli und reckt sich; »Kreizsakra, heunt hätt' i 'hn bald gspürt, mein Buckl! Zwoaradreißg ham mir heunt beschlagn!« – »Ah was!« brummt der Lehrbub; »dees is ja koa Arbat nimmer! Dees is ja a Schinderei!« Damit schließt er die Torflügel der Schmiede und schiebt die eiserne Sperrstange vor.

»Unsern Kaschba ham mir scho gspürt, heunt«, sagt am Brunnen der Schmied mit einem Seufzer; »der is uns scho recht abgangen! – San halt do zwee Arm weniger gwen!« Worauf er sich gegen das Wirtshaus drüben bei der Kirche wendet.

»Ja, dees is mir aa so vürkemma heunt«, murmelt der Pauli, indem er sich prustend seift und wäscht; »den ham mir freili gspürt, an Kaschba. – Ja, ja, heunt nacht geht's dahi damit; da muaß er fahrn.« Der Lehrbub zieht die Arme aus dem Hemd und pumpt sich einen Strahl Wasser über Hals und Kopf. »Der Wirtsjackl fahrt aa heunt nacht!« schreit er dazu laut und schüttelt sich das Wasser aus den Ohren; »und der Hausersimmerl aa; und der Knecht vom Wirt, und der Fritzl vom Staudnschneider aa.« – »Ja«, sagt der Pauli und wischt sich die Händ an den Hemdärmeln trocken; »i glaab, dreizehne san eahna von Öd und Voglried; i wollt, i waar der vierzehnt! Die ganz Arbat ko mi jetz bald gern habn!« Und geht gleich dem Schmied zum Wirt, dem Ödenhuber. –

Ist eine gute Einkehr, dem Ödenhuber seine Wirtschaft; ein saubers, geräumiges Haus, reinlich inwendig und auswendig, mit frischem Bier und gutem Koch, einer

Metzgerei dabei und einem großen Höft mit feistem Vieh und reichen Stadeln. Dazu der Mathias Ödenhuber als Wirt; ein aufrechter Fünfziger, der gleich seinen Vorderen sich beizeiten eine riegelsame und werktätige Hausfrau genommen hat und nun seit zwanzig Jahren mit ihr, einer reichen Posthalterstochter aus dem Ebersberger Gau, die Wirtschaft samt dem Hofgut rechtschaffen hält und führt, dabei ihnen ihre beiden Kinder, der Jackl und die Leni, gutding dazu helfen. – Grad steht der Ödenhuber unter der breiten Haustür mit dem buntverglasten Oberlicht, als sich der Hufschmied in den kleinen Wirtsgarten mit den drei alten Kastanienbäumen und den zwei wurmstichigen Tischen setzt, auf denen ein grünlicher, moosiger Reif wuchert und darauf Ameisen und Fliegen geschäftig hin und her laufen.

»Grüaß di Good, Schmied!« sagt der Wirt. – »Grüaß di Good aa.« – »Kriagst a Maß?« – »A Maß bringst ma, ja.« – »Resl, der Schmied kriagt a Maß!« Der Wirt ruft's ins Haus, und die Schenkkellnerin läuft mit dem Krug. Der Ödenhuber setzt sich zum Schmied. »Hast Feiramd gmacht?« – »Jaa. – Waar mir a so bald liaber, es wurd für ganz Feiramd!« Die Resl stellt ihm das Bier hin. »Was möchst? – An ewigen Feiramd?! – Zum Wohlsein! – Du waarst net viel gschlecki!« – »Heunt no durft Feiramd sei, sag i! – Nachher gang i glei aa no mit, mit insane Buam! – Heunt no! ... Wann i no jung waar!« Er trinkt hastig. Der Ödenhuber schmunzelt. »Du wurdst eahna koa geringe Angst net einjagn, moan i! ... Ah! Grüß di Good, Pauli!« Er macht dem Gesellen Platz. Der setzt sich. »'n Abnd. A Halbe möcht i. – Zum Abgwohna.« Die Resl lacht. »Jetz hab i schon gjammert, daß ins alle insane Buam davongengan in Kriag; derweil is do no oana dabliebn! Hams di net gfunden? Oder is's eahna um dein scheena Kopf load?« Der Pauli zieht gemächlich seine kurze Pfeif aus dem Joppensack, stopft sie und

sagt bloß: »Schnabel halten! – A Halbe kriag i!« Dann zündet er sie an. Die Resl lacht: »Raucht er dir jetz?« und geht darnach.
Der Ödenhuber holt ein Zeitungsblatt aus dem Brustlatz seines weißen Schawers (Schurzes) und liest die Aufrufungen und Anzeigen. Der Schmied hockt stumm vor seinem Krug.
»Was bist jetz du für a Jahrgang, Pauli?« Der Wirt fragt's. – »Achtadachzg.« – »Deant?« – »Naa.« – »Ah so.« – »Warum fragst?« – »No, i moan halt, sunst tatn s' di wohl a so bald holn?« – »Kunnt scho sein.«
Der Schmied starrt stumpf und trüb vor sich hin. Jetzt sagt er langsam: »Vo heunt auf morgn is der Kriag alleweil net gar. Der frißt schon an etlichs paar Leut, denk i.« – »Da kannst recht habn«, erwidert der Ödenhuber. »Dessell glaab i aa«, meint der Pauli.
Die Resl bringt das Bier. »Sollst lebn, Pauli!« – »Is scho recht, Hex! Und bals mi trifft, denkst dir, nachher derf der ander lebn, gell! D' Ersatzreserve!« – »Warum? – Gehst du leicht aa?« Die Resl fragt's erschrocken. – »Ja no, kunnt scho sein ...« Er raucht, daß sein Gesicht kaum mehr zu sehen ist. – »Hast leicht aa scho an Zettl? ...« – »Naa ... no net. Aber ... i moan gar ...« – »Pauli! Du werst do net! ...«
Der Wirt horcht auf. »Aber, Pauli!« mischt er sich ein; »wia leicht kunnts di dein Kopf kosten! Um dein Kohlrabi waars wirkli schad!«
Der Schmied ist wieder ins Brüten gekommen. Jetzt murmelt er vor sich hin: »Werd scho geh. Mir muaß si halt dreinfinden. Is nur guat, daß d' es nimmer derlebn hast müassn ... Muatta ... daß alle zwee ... dahigengan. – Ja no ...« Er schrickt auf an seinem Seufzen und trinkt. Dann beschattet er die Augen mit der Hand und schaut nach der Kirchenuhr. »Geh, Ödnhuaber, siechst net, wia spat daß 's is?« fragt er.

Der Wirt fährt aus der Zeitung auf: »Wia spat, sagst?« Er zieht die Uhr. – »Drei Viertel auf simme.« – »Scho! – Er werd si do net versaama, der Kaschba!« – »Ah, naa! Der versaamt si net! Is ja der meine aa dabei. Sie san halt beim Pfüagoodn.« – »Ja, ja. Aber um halbe zehne geht der letzt' Zug vo Osterminga.« – »Den kriagn s' leicht no!« – »Jano. – Aber i hättn halt no gern daghabt, mein Kaschba. – Mir hat do no allerhand zum redn, mitanand.« – »Dessell is ja wahr ...« – »Mir möcht halt no sagn ... was oan druckt ... bevor oana a so dahingeht ... mir woaß net, wohi ... und wias außigeht damit ...«

Der Wirt nickt und legt seine Zeitung zusammen. »Ja ja. A Feldzug is halt koa Keglscheiberts.« Der Schmied schnauft tief auf. »Schaug, mein' Franzl hab i aa nimmer gsehgn. – Der is glei von der Kasern aus weiterkemma.«

»I woaß 's a so.«

Die Resl hat derweil halblaut auf den Pauli eingeredet. »Warum möchst denn scho zahln? – Warum gehst denn scho? Bist harbisch auf mi?« – »Naa. – Aber an kloan Weg mach i no, verstehst! ... Herrgott, mi druckts a so, daß i grad Landsturm bin ...« Er trinkt hitzig aus. Die Resl starrt ihn angstvoll an. »Pauli! – ja, was hast denn? ...« Er setzt das Krügl auf den Tisch, daß es scheppert. »Woaß 's der Teixl, Dirndl ... i moan ... i mach gar aa Feiramd mit der Arbat! ... I geh aa! ... I meld mi freiwilli ... i kann's net dawartn, bis daß's mi holn ...« Da springt die Resl auf. »Furt, sagst? ... Freiwilli ... Pauli! ... Ums Christi ...«

Der Schmied fährt zusammen. »Was hast gsagt? Du gehst aa? ... Ja, was tua denn nachher i ...?« Er starrt den Gesellen an und sinkt dann wieder in sich zusammen. »Ja no, ... muaß i di halt geh lassen. Da kann ma nix macha. Bist ja gsund. Geh nur zua in Gottsnam ... geh nur ... geht's nur allsamm ...«

Der Wirt mischt sich ein: »Aber, was waar denn jetz net dees, Pauli! Werst 'hn do net alloa lassen, an Schmied! den altn Mo!«
Der Pauli ist in einem verlegenen Kampf mit sich selber. »I woaß 's scho. Aber ... in mir wurlt grad alls! Ödnhuaber, i sag dir's, wia's is, i schaam mi!« Er springt auf und reckt sich. »Bei meiner Postur! Und bei dem Gsund! Was?! Waar's da net a Schand?« Die Resl kämpft ein Weinen nieder. Der Schmied betrachtet den Burschen mit trübem Aug. Da tritt der Pauli zu ihm: »I ko net anderscht, Moasta ... i muaß dir Pfüagood sagn. Lohn hab i a so grad nur vier Mark fuchzge z' kriagn, mei Kuferl is glei packt, bis die andern gengan, bin i aa firti!« Er wendet sich zur Resl: »Dirndl! Alsdann ... zahln, sag i! Da! ... Und sei net harb auf mi ... i kimm scho wieder! ...« – »Is 's wirkli dei Ernst?« fragt der Wirt verstört. Die Resl geht aufschluchzend ins Haus. – »Ödnhuaber ... es geht um d' Hoamat! – I muaß mit!« Der Pauli klopft hastig seine Pfeife aus und schiebt sie ein.
Und der Schmied zieht langsam seinen ledernen Zugbeutel, entnimmt ihm zwei Taler, legt sie auf den Tisch und wickelt bedächtig die Schnur mit den Muscheln daran wieder um den Beutel. Dann sagt er: »Da ... i konn di net haltn. Da san sechs Mark. Weil i di guat leidn hab kinna. Laß dir's guat geh. Und ... balst wieder kimmst ... bist da. D' Arbat wart't scho auf di.« Der Gsell schiebt das Geld ein. Und sagt mit unsicherer Stimm: »Moasta, i dank dir und sag halt Geltsgood. I kimm scho wieder, bals sein will. Und wann net, ... na muaßt dir halt um an andern schaugn.« Und reicht ihm die Hand. »Alsdann. Jetz pfüat di halt Good.«
Tonlos dankt ihm der Schmied. »Pfüa Good aa. I konn di net aufhaltn.« Und er stützt die Ellenbogen auf den Tisch und hält den Kopf zwischen den Händen. Der Pauli wendet sich zum Wirt. »Alsdann, Ödnhuaber ...

bleib gsund ...« Er streckt ihm die Hand hin, und der Wirt drückt und schüttelt sie. »Na wünsch ich dir halt Glück, Pauli! – Pfüat di der Himmi!«
Die Resl tritt mit verweinten Augen aus dem Haus und gibt dem Burschen ein kleins Packerl in die Hand. »Pauli ... leb wohl. Und sagn mir halt: aufs Wiedersehng ...« Sie drückt die Schürze ans Gesicht. Aber der Pauli lacht und sagt lustig: »Servus, Resl! Aufs Wiedersehng ... hast recht! Und jetz woan net! I schreib dir scho amal aus Paris ... oder aus Rußland. – Alsdann! Pfüate!« Damit reißt er sie schnell an sich und läuft alsdann eilig dahin, ins Schmiedhaus, indes die Resl langsam in die Gaststube geht.
Stumm sitzt der Schmied. Der Ödenhuber zieht seine Uhr, dann meint er: »Sakra! Glei simme! jetz durftn s' aber bald kemma! –« Und steht auf und geht mitten auf die Straße, zu schauen, ob er keinen sieht von den Buben.
Da fährt ein Leiterwagen vorbei, hoch aufgesetzt mit Weizen; und der Hauserbauer lenkt laut die beiden Ochsen: »Wühlöh, Alter! Ziag o! Hott eina! ... Hoott!« Aber da er den Ödenhuber stehen sieht, fährt ihm eine jähe Röte ins Gesicht; er speizt giftig aus und plärrt den Sattelochsen an: »Hott eina, hab i gsagt, sag i! ... Was der wieder zum gaffa und zum spioniern hat, da drent!« Und der Wirt seinerseits hat kaum den Hauser ersehen, als er auch schon die Händ in die Hosensäck vergräbt, die Füß weitmächtig auseinanderspreizt und spöttisch vor sich hinsagt: »Dem geht's aber no dick ein, heunt, dem Hungerleider! Der legat aa liaber dreizehn Aufsetzn auf sei Kinderwagl auf, bals gang! – Bei dem möcht i amal Handochs sei!« In diesem Augenblick ruft eine gschnappige Weiberstimm vom Wagen herunter: »Was gaffst denn, Bamperlwirt? Schaug liaber, daß dir dei Essig net no saurer wird!« Worauf der Ödenhuber

voller Wut murmelt: »Schnappen, elendige!« Und eilig ins Haus geht.
Die ihn aber zum Gehen gebracht, ist ein saubers, molligs Frauenzimmer mit festen Armen, feisten roten Backen und kohlschwarzen Haaren. Es ist die Rumplhanni, des Hausers Dirn.

Die Tenne des Hauserbauern von Öd ist sperrangelweit offen, und dem Hauser sein Sohn, der Simmerl, schiebt grad einen abgeleerten Leiterwagen zum hintern Tor hinaus und hinein in den Wagenschuppen. Danach schaut er hinüber gegen die Straße, ob der Alt noch nicht bald einfahrt mit dem letzten Fuder. Derweil biegen auch schon die Ochsen bei dem Gartenzaun des Ödenhubers ums Eck; der Hauser legt sich dem Sattelochsen fest in die Seite und zieht am Leitwayla, was er kann. »Wühlöh, Alter! Wühst umi! Wühst, sag i! Toifi, bollischer! Wühlöh! Gehst net ummi, moanst, Pandur, miserabiger!« Und vom Fuder herab schreit die Hanni, daß es drüben im Holz widerhallt: »Holliho! Ablaarn!«
Die Hauserin hat grad in der Speiskammer die frischgemolkene Milch mit einem Spritzer Weichbrunn gesegnet und in die Weidlinge zum Aufsetzen eingegossen, sich auch hie und da mit dem Handrücken oder dem Schürzenzipfel Augen und Nase abgewischt; denn sie weint, wie ihr Alter, der Lenz, sagt, Rotz und Wasser, weil ihr Simmerl heut zur Nacht noch dahin muß, in den Krieg. Jetzt wendet sie sich langsam um, daß sie mit ihrer Fülle und Breite nicht etwan hinter sich was hinabstoße, und nimmt den Rahm ab fürs Butterausrühren. Vorsichtig fährt sie mit dem feisten Zeigefinger um den Milchrand im Weidling, leckt ihn ab und streift dann mit dem flachen Holzlöffel behutsam die fette, säuerliche Rahmhaut in den Hafen auf dem Bänklein. Danach gießt sie die abgeblasene Milch in den Topfenkessel und seufzt:

»Hach ja. Ins haßts halt. Mir ham halt koa Glück net ... Ja ja ...«
Und ihre alte Mutter, die Kollerin von Reigersberg, jetzt Austragmutter vom Hauserlenz, schiebt drüben in der kohlschwarzen Kuchel einen Büschel Reisig ins Ofenloch, entzündet einen dürren Span und hält ihn unter die Reiser, bis sie knistern und rauchen und brennen. Dann löscht sie den Span, legt ihn wieder hinters Ofenrohr zu den dürren Eierschalen und dem Sandriegel, schürt etliche Prügel nach und stellt hüstelnd und seufzend die große Messingpfanne mit dem Kaffeewasser auf den Herd. Dazu sagt sie halblaut immer wieder die Worte – »O mei Herrgott! – Der Kriag, dees Unglück! O mei Herrgott!«
Da scheppert der Rumplhanni ihr Ruf herein ins Haus: »Holliho! Ablaarn!« Und zur gleichen Zeit läuft der Hauserin ihre Jüngste, die Liesl, mit einem weißen Kopftuch auf und einem Endsrechen über der Achsel in den Hausflöz und schreit: »Muatta! Großmuatta! Da san ma! Dees letzte Fuada ham ma dahoam! Zum Ablaarn sollts kemma!« Worauf die Kollerin in die Speis ruft: »Rosina, schaug aufn Kaffee! I muaß zum Woazablaarn!« Dabei fährt sie aus den Lederpantoffeln, humpelt strumpfsöcklig über die Stiegen hinauf zum Söller, öffnet die niedere Tür zum Kriadaboden und läuft in den dunklen, mit neuem, starkduftendem Heu und Klee vollgefüllten Raum. Von da aus schreit sie hinab in die Tenne: »Simmerl! – Lenz! – Bin scho gricht't!«
Nun löst der Simmerl den Wiesbaum vom Fuder und sagt: »Hanni, geh, laß jetz mi auffe am Wagn; pressiern tuats. Um halbe neune muaß i geh!« Die Hanni kriegt eine weinerliche Stimm und erwidert: »So bald scho! Ha, daß d' denn heunt no furt muaßt?!« Und rutscht vom Fuder und läßt sich vom Simmerl auffangen, indes die Großmutter Kollerin brummelt: »Frag net so damisch,

Lalln, dumme! Daß er heunt no furt muaß! Weil er halt muaß! Weils di nixen ogeht! Schaug liaber, daß d' auffa gehst zum Fassen!«
Derweil stellt der Simmerl eine Leiter an den Heuboden, zwickt die Hanni schnell in den Arm und schiebt sie lachend die Sprossen hinauf. Die Hanni kichert leise, packt den endslangen Burschen bei seinem rötlichen Haarschüppel und wirft ihm das Hütl ins Gesicht, ehe sie zur Alten hinaufsteigt. Diese aber hat das Kichern gehört und knurrt nun: »Möcht wissen, was 's da lang z' kudern und z' lacha gibt, du ausgschaamts Weibsbild du! Du brauchst mi gar net auszlacha, bal i eppas sag; daß d'es woaßt!« Worauf die Hanni schnippisch erwidert: »Und du brauchst mi gar nix z' hoaßn; daß d'es aa woaßt! Dir hab i no koa Weibsbild net abgebn, gell ja!« Damit steigt sie die Leiter hinauf und zum Kriadaboden. Die Alte murmelt noch was und kriecht dann in die »Obern« empor.
Und der Simmerl besteigt das Fuder, indes der Hauser drüben im Stall die Ochsen tränkt und füttert. Nun faßt der Simmerl Garbe um Garbe mit der Gabel und hebt sie leicht und locker hinüber zur Hanni, die sie ebenso locker abnimmt und der Kollerin hinaufreicht, die sie fürsichtig von der Gabel streift, damit kein Körnl Weiz unnütz verloren geht. Endlich ist die letzte Garbe untergebracht, und die Großmutter steigt wieder hinab in den Heuboden und hinunter ins Haus. Die Hanni steckt ihre Gabel tief in den Heuhaufen vor ihr und kommt die Leiter herab in die Tenne; der Simmerl schiebt den Wagen hinaus in den Hof und schließt das hintere Scheunentor. Dann kehrt die Hanni die ausgefallenen Körnl und Ähren zum vordern Tor hinaus für die Hennen, indem sie sagt: »Den oan Flügl konnst scho zuamacha, Simmerl.« Das tut er. Dann lehnt er sich an die Stalltür und schaut zu, wie die Körnl und Spelzen zur Tenne hinaus-

fliegen. Mittendrin aber kommt's verhalten von seinen Lippen: »Hanni!« – »Simmerl?« – »Jetz san ma firti.« – »Ja.« – »Jetz hoaßt's geh.« – »Und mi laßt hänga!« – Sie lehnt den Besen ins Eck und räumt umständlich die Rechen und Gabeln zusammen.
»Hanni!« – »Was möchst?« – »I muaß di pfüatn ...« – »Und i steh da – im Dreck.« – »Was kann i dafür? – Was soll i denn macha!« – »Hättst mi net ogrührt ...« – »Bal ma oans gern hat ...« – »Aha. Zum Drokriagn!« – »I hab di net drokriagt« – »Aber unglückli gmacht!«
Der Simmerl lehnt langsam den zweiten Torflügel an, so daß es ganz dunkel wird in der Tenne. »Was? Unglückli? I? Di? Wia nachher?« Die Hanni fängt leise zu weinen an. »Ja wia nachher ... weil i dahäng ... am Kreiz! A so ...« – »Was sagst du?« – »Jawoi! Gwiß und wahrhaftig!« – »Vo mir? ...« – »Frag net so dumm! – Dees woaßt du guat selber!« – »I! Da bin i mir gar nixn ...« – »Aha. Möchst di weggaschraufa ...« – »Und i sag, es ko net sei ...« – »Dees sagt a jeder.« – »Da muaß scho a anderner ...«
Die Hanni fährt in die Höh: »Du! Mach mi net harbisch, sag i! Sinst geh i auf der Stell zu de Altn ...« – »Hanni!« – »Dees konnst dir nachher scho denka ...« – »Dees werst dir überlegn!« – »Da überleg i gar nixn! I red ganz oafach!« Der Simmerl tappt ihrer Stimme nach. »I sag ja nixn, Hanni. I bekenn mi ja ...« – »Aha. Vor meiner. Aber vor dein Vatan ...« – »Bekümmert di net ...« Er sucht sie im Dunkel. »I mach's recht, Hanni. I bekenn alls.« – »Werd viel fürguat sein!« – »Der Alt muaß sorgn ...« – »Der werd a Freud habn!« – »Ja no ...« – Die Hanni drückt sich ausweichend in einen Winkel. »I muaß halt geh –«, sagt sie; »anorts hi, wo mi neamd kennt.« – »Zu was denn? I richt's ja.« – »Moanst, i laß mi oschaugn!« – »Koa Mensch schaugt di o!« – »Aha. Grad mitn Fingern deutn s' auf oan! Mir woaß's ja no – bei der Sixnkathl!« Der Simmerl tappt nach ihren Armen. »Dessell is aa grad

der Besenbinderhausl gwen ...« – »Mhm! Du moanst, dei Geldsack stopft an Leutn 's Mäu zua! Da werst di aber stimma!« – »Geh, hör jetz auf...« – »Und mi machst aa net staad mit dein Geld ... daß d' es woaßt!« – Er umfaßt sie. »I bin ja net abgeneigt ...« Sie wehrt leise ab. »Zu was eppan?« – »Daß i di heirat ...« – »Dees sagt a jeder ...« – »Wann i dir's für gwiß hoaß!« – »Ja ja. Jetz, im Krieg, da is leicht, epps versprecha ...« – »Auf Ehr und Seligkeit, Hanni ...« – »Dees muaß si erscht weisen.« – »I gib dir's schriftli!« Er zieht sie ganz ins Dunkel. »Heunt no kriagst es schriftli ...« – »Und de Altn? ...« – »Dees is mir gleich. Die müaßn staad sei ... und du aa ...« Er schließt und verriegelt den Torflügel. –

Der Hauser hat die Ochsen gefüttert und getränkt. Jetzt geht er hinauf in die Schlafkammer, zieht den Schlüssel zu der alten, bemalten Truche aus dem Strohsack seines Eheweibs und schließt seufzend auf. Langsam nimmt er aus einem alten, zinnernen Bierkrug ein etlichs paar Silbertaler, sucht ganz zuunterst im Eck das Salbentiegerl von den wehen Augen seiner Liesl, nimmt den hölzernen Deckel ab und langt zwei Goldfuchsen daraus. Dies Geld also tut er in den Zugbeutel, der noch von dem alten Hauser, Gott hab ihn selig, in der Truche liegt, und schiebt's ein für den Simmerl. Darauf schließt er wieder ab, versteckt den Schlüssel und geht hinunter in die Stube. Sinnierend setzt er sich auf das lederne Kanapee und schaut seiner Rosina zu, wie sie weinend Schnitten um Schnitten von dem Brotlaib fetzt und in die irdene Suppenschüssel fallen läßt, Salz und Pfeffer drüberstreut und einen Büschel Schnittlauch dreinschneidet. Sie sagt nichts, er sagt nichts.

Dann trägt die Hauserin ihre Schüssel hinaus in die Kuchel, gießt die Wassersuppe darüber und schmalzt und zwiebelt sie. Und mit beiden Händen faßt sie die dampfende Schüssel, fährt aus den Holzpantof-

feln, damit sie nicht stolpern muß, und trägt also die Suppe barfuß in die Stube. Der Dreifuß steht schon auf dem gedeckten Tisch; vorsichtig hängt sie die Schüssel hinein und sagt dazu: »Lenz, geh, schaug, der Bua! Daß er si net versaamt.« Dazu weint sie heftig auf und läuft weg.
Und die alt Kollerin, die Großmutter, steht in der Kuchel vor der Anricht, ordnet die Kaffeeschüsseln und Haferln in eine Reihe und wirft den Zucker darein: drei der Bäuerin, zwei dem Bauern; vier dem Simmerl, vier dem Liesei, zwei sich selber und eins der Magd, der Hanni. Dann schaut sie einmal ins Bratrohr nach den Schmalzkücheln, die zum Aufwärmen drin stehen, und gießt danach den Kaffee ein. Langsam und umsichtig schöpft sie ihn mit einem alten Messinglöffel durch den Seiher in die Schüsseln und Kacherln; und danach die Milch: dem Bauern wenig, der Bäuerin aber viel mitsamt der Haut; dem Simmerl nur ein Tröpferl mit Haut, sich und dem Liesei schier lauter Milch, – und der Hanni den Rest. Dazu seufzt sie immer lauter: »O mei Herr! ... an Lenz ... der Rosina ... mei, wia werd's eahm geh ... an Simmerl ... an Liesei .. O mei, der Kriag ... der andern.« Jetzt ist er eingeschenkt, der Kaffee. Plötzlich fällt ihr ein, daß sie für den andern Tag zum Nachähren ihren Rechen noch nicht eingeweicht hat. »Daß's Gott gsegn!« sagt sie zu sich selber; »dees muaß i glei toa! – Sinst falln eahm morgn bei dera Hitz alle Zähnt außa!« Und sie läuft hinaus zum Brunnengrand vor dem Wurzgarten, den sie selber gepflanzt und mit allerhand Blumen und Sträuchern geziert hat: mit Windpappeln und Rittersporn, Flugs und Dahlien, Nelken und roten Rosen. Mittendrin schreit sie laut auf: »Marixn! – Liesei! Malefixkarwatschn! – Meine scheena Bleame!« Sie rennt ans Gartentürl. »Ja, insa liabe Zeit! Dees ganz Gartl is hi!«

»Noo!« sagt da die Liesl und tappt mit einer ganzen Schürze voll Blumen mitten durchs Gurkenbeet; »i wer wohl no an Simmerl a Bleame ostecka derfa, wo er fürt muaß!« Und beginnt zu heunen: »Gar nix mehr derf ma! – Aber wart no! Bal er derschossen is, nachher siechst es scho! Nachher konnst eahm koa Bleame nimmer gebn!« Worauf die Alte ganz nachgiebig wird und sagt: »Sei staad, sag i! Red koane solchern Dummheitn net! Möcht oan a so schier an Magn abdrucka vor lauter Kümmernis!« Damit läßt sie die Liesl laufen und geht jammernd in ihr Austragstübl. Dort sucht sie ein alts, wächserns Christkindl in einem silbernen Büchslein her. Das wickelt sie samt einem Frauentaler in ein linnenes Tüchlein, mit dem der Herr Pfarrer vor Zeiten unserm lieben Herrn seinen Kelch gehalten hatte, als er den alten Kollervater seligen Angedenkens damit zum letzten Gang verprofitierte. Und sie trägt's andächtig hinüber in die Stube und legt's dem Simmerl an seinen Platz.
Der kommt eben pfeifend und zur Reis fertig aus seiner Kammer und setzt sich munter an den Tisch. Die Hauserin bringt die Schmalznudeln; die Kollerin stellt die Kaffeehaferln an die Plätze, das Liesei steckt den Hut des Bruders voller Nelken und Rosen, und die Hanni kommt zur hinteren Haustür herein und setzt sich summend mit den andern zum Essen. Worauf sie aber die Kollerin scharf anläßt: »Obst glei staad bist, du gottvergessens Weibsbild du! Sie singt und röhrt, wann der oanzig Bua vom Bauern in Kriag furt muaß! Du waarst no so oane! Du hättst no so a Herz in Leib, du!« Aber die Hanni erwidert patzig: »Dees geht di gar nix o, ob i a Herz hab oder koans! I woaß mei Sach, und du muaßt erscht ratn!« Damit gießt sie ihren Kaffee auf einen Zug hinunter, nimmt sich zwei Schmalzküchl und läuft weg. Die Kollerin greint wie das heilig Donnerwetter und ruft ihr nach. »O du ganz miserabige Karwatschn, du!«

»Daß d' gar so grob bist, damit?« meint der Simmerl so nebenbei und löffelt mit dem Hauser die Brotsuppe aus. »Grob!« sagt die Kollerin beleidigt; »grob wer i sei! Weil's wahr aa is! Weil s'alle Tag no bollischer werd und no ohabischer, des Weibsbild, dees ausgschaamt!« – »Du machst es scho bollisch mit dein ewign Geknerr!« mischt sich der Hauser ein und rührt seinen Kaffee um. – »Was willst da? I, sagst! Mit mein Geknerr, sagst? Wer knerrt denn? ...« – »Koa Mensch, wia du!« – »Aha! Weilst mi nur scho wieder hast!« – »Da hab i di gar net. Aber weil's wahr is ...« Er brockt sich ein Küchl in den Kaffee. – »Ja, weil's wahr is! Helfts nur hübsch dazu, zu dem Weibsbild!« Sie löffelt hitzig ihren Kaffee aus. Die Hauserin mengt sich ein: »Jetzt dahacklns halt ananda scho wieder! Wia enk nur der Tag net z'heilig is! Zwegn dem Schlamperl! ...«

Der Simmerl fährt in die Höh. »Hoaßn brauchst es du gar nixn!« sagt er; »werd eahm neamd was Schlechts nachredn kinna, a da Hanni!« – »He, he! Tua di net gar a so z'reißn dafür! ... Für dees herglaaffa ...« Aber der Simmerl fährt dazwischen: »Und i leid's amal net, sag i! Herglaaffa oder net ... d' Arbat tuat s' ...« – »Dessell muaß wahr sei«, bestätigt der Hauser; »da derf scho oane hergeh ...« – »Ja, ja. D' Arbat tuat's. Was's eahm ös zwee oschaffts!« spöttelt die Hauserin. »Weil s' es halt mit die Mannaleut überhaupts besser konn, als wia mit die Weibertn!« ergänzt die Kollerin. Und beide, die Alt und die Jung, schauen sich überlegen an und verlassen zusammen die Stube. Die Lies hat unterdessen schweigend und auflusend ihr Schällein leer getrunken; da sie aber jetzt die Mutter samt der Großmutter hinausgehen sieht, macht sie dem Vater und dem Simmerl ein finsters Gesicht hin, nimmt sich etliche Nudeln aus der Schüssel und läuft gleichfalls davon.

Jetzt sind sie allein, die Mannertn. Und der Simmerl sagt, ohne von seiner Schüssel aufzusehen: »Vadda!« Der Hauser wischt seinen Löffel nachdenklich ans Tischtuch und legt ihn in die Schublade. »Was möchst?« – »I hätt epps z'redn ...« – »Mit wem?« – »Mit dir.« Der Simmerl schiebt die Eßschüssel von sich und steht auf. Der Alt erhebt sich gleichfalls und will 's Kreuz machen zum Beten nach Tisch; da sagt der Simmerl grad: »Mit dir.« – »Mit mir? Zwegn was?« – »Zwegn der Hanni.« Der Hauser setzt sich wieder. »Dees versteh i net ...« Der Simmerl tritt an eins der Fenster. »Ja no; a zwiderne Gschicht is's halt ...« – »Da kenn i mi net aus.« – »Es is halt jetz nix mehr dro z' richten.« Er reißt eine volle Geraniumblüte ab und steckt sie ins Knopfloch. »I woaß gar net ... was d' moanst ...«, sagt der Alt. – »I muaß s' halt heiratn.« – »Wer?! – Wem?! –« Der Hauser fährt in die Höh. – »Ja no! ... Großmuatta!« – »Auf dees hör i net ...« – »Und was s' bei dera Bande da drent redn wern ... bein Ödnhuaber! – Wia si die's Mäu z' reißn wern ...« – »Dees braucht ins gar nix z' kümmern. Bal i z' ruckkimm, ... na heirat I d' Hanni ... und bals net is ... nachher hör i's nimmer, was s' sagn. I hab jetz nimmer Derweil, daß i no länger umananddischbedier; i muaß furt.« Damit geht er zur Tür. Aber der Hauser steht breit davor und schreit hitzig: »Du bleibst mir no da, sag i! Die Sach muaß gschlicht wern! Brauchts durchaus net, daß d' aa no protzi bist bei dera Schand! Oder is 's vielleicht koa Schand net?! Aufhänga kunnt i mi, wenns net grad Kriag waar! Aber a so is's mei oanzige Hoffnung, daß die Bande bei dera ganzen Gaude net a so Derweil habn werd zum Aufpassen. Vielleicht is aa der Kriag bald aus, und du kimmst wieder hoam ... nachher redn mir weiter! ...« Der Simmerl steht ungeduldig vor dem Alten. »Und was is 's bis dorthin?« – »Ja no ...« Der Hauser geht zum Fenster und starrt hinaus. »I tuas net gern;

grad, weil i di net a so geh lassen mag; ... muaß i s'halt daghaltn derweil ... und mit der Muader redn.« Er dreht sich um und legt die Händ auf den Buckel. Der Simmerl schnauft erlöst auf. »Herrvergeltsgood. Jetz geh i gern. – Dank dirs Good, Vadda.« Der Alt schiebt die Händ in den Sack. »Ja, gsegn dirs Good, Hallodri! Muaß i halt redn mit der Muada ...« – »Und mit der Hanni, Vadda. Daß s' woaß, wia s' dro is.« – »Wia i sag: Gern tua i's ja net ...« – »I muaß jetz, Vadda. Laß di pfüatn. Und bleib gsund.« – »Muaßt wirkli scho geh!?« – »Ja, i muaß. Woaßt scho, i möcht net gern zsammkemma mit der ganzn Blasn. Bein Ödnhuber drent ham sa si allsamm zsammbstellt. Aber, ... wo is denn d' Muatta? ... Muatta! He! Auf gehts!« Er pfeift schrill durchs Haus.
Der Alt folgt ihm in den Hausflöz. »Was i no sagn möcht, Vadda: D' Spreng von den hintern Truchenwagn hab i heunt fruah zum Schmied umi, daß er a paar starke Bänder drüberschlagt; sinst zreißts es gar amal, balst guatding stark auflegst.« Der Hauser nickt. »Is scho recht. Da hat er mi ausgschmirbt, der Wagnermartl, mit der letzten Arbat! D' Loixna taugn aa nixn. Jessas, ... da, ... i hab no epps für di! Werst es scho braucha kinna draußt, oder wost hikimmst.« Damit gibt er dem Buben den Beutel. »Dees konn ma freili braucha!« lacht der Simmerl und schiebt ihn ein; »i sag dir Dankgood dafür. Und jetz Pfüagood. Himmigreizgruzi ... daß jetz do koane zuawageht vo de narrischn Weibatn. Na muaß i a so geh! ...« Er langt noch schnell ins Weichbrunnhaferl drinnerhalb der Stubentür, macht ein gschwinds Kreuz und schreit, indem er aus dem Haus tritt: »Also, pfüat enk! I geh. Bis der Krieg gar is, werds nachher scho amal ausbockt habn, ös bollische Weibsbilder überanand!« In diesem Augenblick blökt das neue Stierkalb. »Jeß, mei Kaibei! – Mei Stierzei! – D' Viecher!« Er rennt noch in den Stall. »Gell, daß si fei nixn feit bei enk!«

Da stehen sie alle und glotzen ihn an, und die vordere Schneiderblassin fährt ihm an den Kopf und holt sich eine von den Blumen. »He, Luada!« schimpft der Simmerl lachend; »friß mi nur net no, bevor mi der Kini kriagt! Säh ... da habts no epps ... a Angedenka an mi ....« Und er reißt die Blumen von seinem Hütl und wirft jeder Kuh eine hin. Und dem Kaibl die Geraniumblüh. Dann wischt er sich schnell mit dem Ärmel über die Augen, räuspert und kriegelt rauh, streichelt die Ochsen noch einmal und rennt aus dem Haus.
Aber da stehen die Weibertn und das Liesei im Nachtkittl und heunen und jammern: »Jetz is er furt ... ohne Pfügood und ohne alls ...« – »I bin scho no da!« sagt er und macht einen gschwinden Abschied; »laßts enk koa Traurigkeit gspürn! Und teats net alleweil raaffa! Dees machan jetz nachher scho mir draußt! Und vergeßts mi net ... mitn Schreibn ... und mitn Schicka ...« Er rennt schon dahin – ums Eck.
Grad will er über die Straße, da hört er hinter der Kirche her Ziehharmonikaspielen, Juchzen, Singen und Lachen. Die Reservisten und Burschen ziehen noch zum Wirt, zum Ödenhuber, um dem Jackl seinen Leuten noch mit einer letzten Stehmaß Bescheid zu tun. Dem Simmerl kommt ein Zusammentreffen recht ungelegen; darum schlupft er schnell durch den Stangenzaun und versteckt sich hinter dem Backofen vom Wirt. Aber da fährt er zusammen; grad vor ihm stößt eine Weiberstimm einen unterdrückten Schrei aus, und jemand lehnt sich in den hintersten Winkel der Türnische. »Was gibts? Wer is da?« fragt der Simmerl halblaut; im selben Augenblick aber fährt ihm auch schon das Erkennen durchs Hirn: Die Wirtsleni! – Da flüstert sie auch schon.– »Nixn is's. Bins grad i. D' Leni.« – »Ah so.« Der Simmerl sagts verächtlich. Und es ist ihm zuwider, daß er von ihr auf dem Grund und Boden ihres

Vaters angetroffen wird, mit dem er und seine Eltern verfeindet sind; auf dem Grund des Ödenhubers, dessen Alter schon dem einstigen Hauservater, Gott schenk ihm die Ruh, einen Prozeß um den andern angehängt hatte, ihm einen Schabernack um den andern spielte, bloß aus dem Grund, weil einmal einer von den Ödenhuber-Vorfahren eine Hausertochter hätt zum Weib wollen und sie nicht bekam, weil dem Hauserischen der Guldensack des Ödenhubers nicht feist genug war und er seine Mirl lieber dem sündreichen Höchentalerbuben gab, der sie dann leider schandbarlich behandelte und nach kurzer Ehe in die Grube brachte. – Und der Simmerl ist unschlüssig, ob er nicht lieber gehen soll, trotz des Gespötts der Tropfen da drüben. Da fragt die Leni: »Muaßt aa furt?« Worauf er erwidern will: »Dees geht do di nixn o!« aber keine Silbe herausbringt. Die lärmende Gesellschaft ist derweil von der Kirche her auf das Wirtshaus zugekommen und zieht nun singend in die Gaststube. Da sagt die Leni: »I hätt dir no gern an Gruaß gebn, Simmerl. Pfüate Good! – Viel Glück!« Und legt ihm einen kleinen Büschel Rosen in die Hand und läuft weg. Der Simmerl starrt ihr nach. »Jetz woaß i net ... hats dee dawischt ... oder möcht s' mi grad für an Narrn haltn ...« Er schaut unschlüssig auf die Rosen. »Was eahm die denkt hat! ... Für koan andern hat s' mi net ghaltn; Simmerl hat s' gsagt ...« Geringschätzig will er den Büschel wegwerfen. Aber plötzlich schiebt er ihn rasch in den Sack und rennt dahin.
Drüben beim Wegkreuz wartet die Hanni auf ihn. »Simmerl!« – »Ah so ... du.« – »Scho lang wart i.« – »Was is's denn no?« – »Wia stehts?« – »Was?« – »No – zwegn meiner?« Der Simmerl schaut sie von der Seite an. Die Hanni wartet auf seine Antwort. – »Gricht' is's. Der Alt werd dirs scho sagn.« – »Gibt ers zua, daß d' mi heiratst?« – »Gsagt hat ers.«

Die Hanni will sich plötzlich an ihn hängen und ihn halsen. Aber er hat mittendrin was im Kopf. – Was andres. Und er schiebt die Hand in den Sack und greift nach was. Nach den Rosen. Und sagt auf einmal unwirsch: »Es is scho recht, Hanni. I hab nimmer Derweil zum Scheetoa. I muaß roasn.« Worauf er rasch ihre Händ von seinem Hals löst und forteilt, ohne nochmals umzuschauen.
Eine Weile steht die Hanni und starrt ihm nach. Dann lacht sie leise und geht langsam die Straße zurück gegen Öd.

Der Ödenhuber zündet gemach die große Hängelampe in der Gaststube an, so daß ein trüber rötlicher Schein über die blankgescheuerten Tische und Bänke leuchtet, die braunen Kacheln des alten Ofens hie und da aufblitzen läßt und sich in den drei – vier Glastafeln zwischen den Schützenscheiben und Rehgewichteln an den Wänden matt spiegelt. Und die Resl läßt vorsorglich einen um den andern von den grünen Rollvorhängen herab, so daß die Efeustöcke samt den blühenden Geranien dahinter im Dunkeln stehen; und man sieht statt der leuchtendroten Blüten und der großgetüpfelten Gingangvorhänge plötzlich allerhand Burgen auf grellgemalten Felsen, bunte Schweizeralmhütten mit Wasserfällen und Sennerinnen, springende Gemsen und weidende Kühe mit flötenblasenden Hirten.
Aus der Wirtskuchel aber dringt lautes Schelten, lärmendes Hantieren mit Tiegeln und Deckeln, mit Herdringen und Schürhaken und das Klappern von Tellern und Schüsseln. Und die Ödenhuberin steht am Hacktisch, zerteilt einen langen Schweinsrücken in gleichmäßige Rippen, schwingt den Holzschlegel und schlägt aufs Fleischbeil, daß die Brüh aufspritzt; und dazu grandelt und schimpft sie giftig: »A saubere Arbat! Der ganze Bratn is no roh und bluatig! Hab i net gsagt, es

soll richti eingfeuert werdn! Hab i net gsagt, um halbe achte kemman s'! Aber ös habts ja net Derweil zum Aufpassen! Ös müaßts ja an d' Lumperei denka! Eini damit nomal in d' Rain, sag i! Gwaffa überanand!« Die Kucheldirn rennt hastig und beflissen mit der Bratraine an den Hackstock. »I hab ja a so eingschürt, was i nur grad kinna hab!« sagt sie weinerlich; »'s Röhrl brat't halt nimmer, wia si's ghört!« Damit streift sie die Ripperl mit dem langen Tranchiermesser in die Raine und wischt auch die Brüh mit der Hand hinein, damit der Saft beim Fleisch bleibe; – indes die Ödenhuberin wütend mit dem Schüreisen in der Glut herumfährt, so daß ihr feistes Gesicht mit den kohlschwarzen Augen voller Feuer scheint und die unter einem seidenen Netz aufgesteckten reichen schwarzen Zöpfe rötlich schillern. Und sie werkt, daß ihre schweren, traubenartigen Ohrgehänge zitternd hin und her schwingen; danach blickt sie zornig auf die Magd, trinkt hastig aus einem bemalten Steinkrügl, wischt sich mit der härwenen Schürze den Mund und die schier bärtige Oberlippe trocken und brummt: »Grad daß ma enk für's Fressen zahlt!« Worauf sie in die Gaststube geht, indes die Kucheldirn erlöst ein Kreuz hinter ihrem Rücken schlägt: »Herrvergeltsgott, daß s' geht!«–

Drin nimmt der Ödenhuber eben ein volles Zigarrenkistl vom Schenkkasten und riecht prüfend am Inhalt. »Aha. Die san net so rass' wia die andern«, sagt er; »die schmekken net so hantig.« Die Ödenhuberin nimmt ihm das Kistl aus der Hand und geht zum Licht. »Sand dös die vom Juden?« – »Ja.« – »Wenn hat er denn die gschickt?« – »Die verganga Woch.« – »Hast von die andern koa mehr?« – »Jo, schon. Aber sie taugn nixn.« – »Sand s' wirkli so hantig?« – »Gallhantig san s'!« – Sie gibt ihm das Kistl wieder zurück. »Ja no, wegschmeißen ko ma s' aa net.« – »Freili net!« – »Muaßt es halt billiger herlassen!« Sie sucht nach der Schachtel mit den bitteren. Er schneidet das Band eines Bündels von den neuen entzwei und sagt gar nichts. »Konnts es net herschenka?« – »Ah mei; a Glump is's halt.« Er zählt der Resl fünfzig von den Judenzigarren in die Schublade des Gläserkastens. »Zum Herschenka werdn sie's scho toa«, meint jetzt die Wirtin und mustert etliche von den rassen; »muaßt es halt heunt die Mannsbilder mitgebn auf d' Roas'.« – »Da kunnt i no so a Ehr aufhebn!« – »Ah, was! An gschenktn Gaul ... hoaßts ... schaut ma net ins Maul!« Sie trägt das Kistl an den Ofentisch und leert es aus. »Waar net zwider! Schaugn do ganz schee her!« Der Wirt folgt ihr brummend. »Geh, laß do die Giftstengl jetz in der Ruah!« Aber sie zählt schon aus: »Drei ... sechs ... nei... zwülf ... i woaß's gar net, was d' hast? ... fufzecha... achzecha ... warum soll ma s' denn net hergebn, bals a so nix taugn ... oasazwanzg ... nacha sans glei gar. – Die raachan s' scho, wenn s' sinst nix habn! ...« Der Ödenhuber geht unwillig auf und ab. »Laß di do net auslacha!« – »Warum? Daß s' fei net guat gnua san!« Die Resl schwenkt Krüge und Gläser. Jetzt mischt sie sich drein: »Du, Ödenhuaberin, daß d' es woaßt: i gib s' eahna fei net, dees Gift! Da kannst di scho selber damit auslacha lassen!« Die Wirtin wirft voller Zorn die leere Schachtel auf den Tisch. »Du haltst dei Schnappen! Du hast gar nix z' redn! Was gehts denn di o? Schaug sie net o ... d' Schnappen, die vorlaut!« Sie läßt alles liegen und geht wieder hinaus in ihre Kuchel.

Die Resl lächelt leise. Plötzlich aber verzieht sie das Gesicht zum Trauern und Seufzen und schwenkt wieder weiter, indes der Wirt eilends die ganzen Giftstengel ins Kistl wirft und wegräumt. – Mittlerweile kommt der Hufschmied in die Gaststube, stellt seinen Maßkrug an den Schenktisch zum Neueinfüllen und setzt sich danach an den Tisch beim Herrgottswinkel. »I woaß's net«, sagt er, »daß s' denn gar so lang ausbleibn! Jetz is's scho achte vorbei! Geh, Ödnhuaber, magst net dei Leni a bißl umanandsuacha lassen, wo s' sand? I fürcht, sie versaamen si!« Der Wirt schaut besorgt nach der Uhr: »Dees versteh i selber net«, meint er; »sie werden do net a so davon sei!« Und er ruft hinaus in die Kuchel: »Leni! Is d' Leni net da?« Worauf die Ödenhuberin mürrisch erwidert: »Was woaß i! Suach dir s'! Dees is bei uns alleweil scho a so der Brauch gwen, daß koans da is! Für dees hat ma ja Kinder, daß ma s' gar nia net hat, bal mir s' braucht!« Sie nimmt den Bratspieß und zieht die Raine aus der Bratröhre. »Was is's denn überhaupts anderschts?« fährt sie fort, indem sie prüfend ins Fleisch sticht; »grad für ander Leut ziagst dir s'! Hängst dro hin und opferst hin und ziagst es groß, und was hast nachher? – Nix. Gar nix!« Sie schiebt die Raine wieder ins Rohr. »Is's a Madl, na heirat s'; und is's a Bua ... jeß ... der Bua! Der Jackl! Er muaß do furt mitn Halbezehnezug!« Sie bricht plötzlich in ein hartes Weinen aus. »Daß aa grad alls über mi kimmt! – Jetz waar er hergwachsen ... und jetz kimmt der Kriag ...« Der Ödenhuber geht ans Kuchelfenster und starrt zwischen den Obstbäumen durch hinüber zum Hof des Hauser. »Ja no«, murmelt er halb für sich; »geht halt koan' anderscht. Dem da drent der seinige muaß aa furt.« Die Wirtin wischt sich rasch die Augen trocken. »Warum? Soll der vielleicht net furtmüassen! Solls für den vielleicht epps anderschts gebn? Is der mehra wia der unser? Der Lackl is groß gnua dazua! Ja – dem vergunn i's!«

Von der Kirche her ertönt plötzlich das Singen und Lärmen. Da nimmt die Ödenhuberin eilig einen hohen Stoß von Tellern aus dem Geschirrschrank, reiht sie klappernd auf der Kupfereinfassung des Herdes nebeneinander und reißt die Bratraine heraus. Und ruft. »Resl! Zähl glei, wieviel daß kemman! A jeder kriagt an Bratn,

an Salat und a Maß! Was oana mehra hat, zahlt er!« Der Ödenhuber wendet sich um. »Ja, freili! Was dir net eifallt! Nix werd zahlt heunt! Gar nix; verstanden! Den letzten Trunk braucht mir koana z' zahlen! Gar koana!« – »No, wennst du so viel übrigs Geld hast ... mir konns ja recht sei! Aber bal jetz a jeder fünf Maß hat? ...« – »Nachher hat ers. Wer woaß's, obs net die letzten fünfe san bei dem oan oder andern.« Die Wirtin hantiert wütend mit dem Geschirr. »Ah, was! Du mit dein Getua! Werd net so gfahrli werdn! Die gehngan scho net so nahend zuawe! Vo mir aus tuast, was d' magst. Mit mein Geld konnst ja leicht umwirtschaften! Mit dem dein' alloa gangs scho net!« Sie spießt voll Erregung die Bratenstücke aus der Raine und wirft sie auf die Teller. »Meine Leut wanns no inne wordn waarn, wias du mit mein Sach umhaust ... die kehratn si heunt no im Grab um!« – »Geh, laß mir do mein Ruah mit dem Gschwatz, narrischs Weibsbild! Mit dir is ja net zum redn ...« – Der Wirt geht verärgert in die Stube. Da steht schon die Resl in der matt erleuchteten Schenke und füllt Krug um Krug, indes das Juchzen und Singen immer deutlicher ins Haus dringt. »Herrvergeltsgott, daß s' da sind!« murmelt der Hufschmied.
Da kommen sie auch schon herein mit Ungestüm – schreiend, lachend, lärmend, ihre Hüte schwingend und ihre Koffer und Päcklein. Und allerhand Maidln und Jungfern begleiten sie, kichernd und scherzend, und halten ihre Schürzen voller Blumen, die Burschen damit zum Abschied zu schmücken. Die Resl rennt und läuft mit den vollen Krügen und trägt ihrer fünf in einer Hand; die Kucheldirn bringt den Braten und stellt jedem einen Teller hin, der Ödenhuber hilft rasch dazu; allein Eile tut not, und so packt der Jackl, der Wirtssohn, frisch mit an und trägt den Salat auf, indes die Wirtin gellend durchs Haus schreit: »Leni! – Lenih!!« Da kommt

das Maidl auch schon zum hintern Tor herein, brennrot übers ganze Gesicht; und sie läuft sogleich in die Gaststube, packt etliche Krüge und bedient die Gäste, ohne der Ödenhuberin zu antworten auf das erboste: »Wo kimmst her? Wo bist gwen?«

Nun sitzen sie also alle beieinander, die Burschen samt ihren Weiberten: der Hufschmiedkaspar bei der Schustermirl, der Müllermartl bei der Schneidersusann, der Reiserfranzl bei der Seilerchristl, der Wirtsknecht bei der Bachmaurerlies, der bei dieser, und der ander bei der andern.

Und zuoberst an der langen Tischreih sitzt die uralt Rumplwabn, die Großmutter der Rumplhanni. Eigentlich ist sie ja schon seit Jahr und Tag nimmer in des Ödenhubers Wirtshaus gekommen; denn da gemeiniglich einerseits Dienstboten, wenn sie was taugen sollen, zu der Herrschaft helfen müssen, also des Hausers Feind auch der Hanni ihr Feind war; andererseits aber wiederum Feindschaften gewöhnlich sich auch auf die Freundschaft und Sippe der Verfeindeten ausdehnen, so hatte die Wabn als Ahnl der Hanni nicht grad bsunders große Gastfreundschaft von seiten der Ödenhuberischen vorausgesetzt, also auch dieselbe gar nicht lang auf die Probe gestellt. Heute aber, da ein ganzes Trumm jugendlichen bodenständigen Lebens durch den Krieg der Heimat entrissen wurde, da wollte sie nicht abseits stehenbleiben; wollte vielmehr als eine, die es gut mit ihnen meinte, noch die letzte Abschiedsstunde mitten unter ihnen verbringen und jedem ein Stümperlein Trost und Hoffnung – und dazu ein Häuflein ehrlicher Segenswünsche mit auf den weiten Weg geben. Darum schert sie sich heute auch rein gar nichts um Haß und Streit, tut, als wär sie erst gestern das letztemal hier als Gast gesessen, und zwar als ein wohlangesehener.

Und da eben die Resl fragt: »Hat jetz a jeds sei Sach?« und dazu prüfend von einem zum andern schaut, da ruft die Wabn: »Was is's denn mit mir, Resl? – Kriag i heunt gar nix? – Mei Stamperl möcht i!« Die Resl lacht. »Ach, liabe Zeit! D' Wabn! Di hätt' ma jetz bald vergessen, Wabn! Vor lauter Kriag! Was magst denn für oan: an Kräuter oder an Zwetschben oder an Kronawitta?« Worauf die Alt aufsteht, ein nachdenklichs Gesicht macht und sagt: »Was für oan welchan, fragst; ja, wart amal: heunt ham mir Mariä Schnee, da tuat oan der Kräuter nimmer weh, hoaßts. Sinst kunnt i ja aa an Zweschben trinka. Vorgestern hat ma Steffanie Auffindung gfeiert, und mir sagt: Nach der Auffindung von Sankt Steffanus macht oan der Zweschbn koa Bitternus.« Die Resl wird ungeduldig. »Ja – was willst nachher trinka?« Da mischt sich der Wirtsjackl drein: »Bring nur glei alle zwee Sorten, Resl! Oder bring an Kronawitter aa no mit! Is ja der Abschiedstrunk!« Die Resl will eilig nach der Schenke. Doch die Wabn schüttelt den Kopf so heftig, daß ihr die endsgroße schwarze Spitzenhaube mit den Perlenfransen und Bändern daran wackelt und das Augenglas schier von der Nase rutscht. »Naa, naa! Resl! Um Gottswilln, naa, sag i! Durchaus gar net! Der Kranawitt taugt mir net! In dera Woch scho überhaupts net!« – »Aber, Wabn!« schreit in dem Augenblick der Schmiedkaspar drein; »wiast nur a so redn magst! Net taugn! Heunt – an Reservisti Auszug!« Alles lacht. Aber die Wabn bleibt tiefernst. »Naa, sag i – durchaus gar net! Vor Laurenzi, hoaßts, laß den Kranawitt steh, – sinst muaßt an Tiburzi zum Aderlaß geh!« – »Ja no«, meint der Wirtsjackl schmunzelnd; »dees is freili ganz epps anderschts. – Vo dene Bauernregeln verstehngan halt mir junge Leut no z' weni! – Aber, woaßt was? – Na, trinkst ganz oafach um a Stamperl Kräuter mehra! – Und laßt dir von der Muatta a Braterl gebn oder a Bröckl

Gselchts.« Die Wabn setzt sich und sucht umständlich in ihrem Rocksack nach der Tabakdose; denn sie nimmt nicht ungern hie und da eine kleine Prise. Besonders, wenn sie was zu überdenken hat. »Balst moanst, Jackl; i sag net naa zum Kräuter!« meint sie, langsam und mit Überlegung redend; »aber dees Braterl – dees laß ma liaber steh, moan i. Es kunnt mir net taugn!« – »Net taugn! – Warum denn net?« Der Jackl winkt der Resl. »No, – bei dera Liab, die dei Muatta zu mir und zu meiner Hanni hat, Jackl, da is's net gwiß, ob s' mir net eppa an guatn Glückwunsch mit drunter schneidt!« Die Resl bringt den Kräuter. »Geh, Resl, bring der Rumplwabn an Bratn!« befiehlt der Jackl. »Is koana mehr da!« tönt's vom Kuchlschiebfenster her. »Nachher bringts a Gselchts!« Die Ödenhuberin läßt das Schiebfenster herab.

Die Resl läuft hinaus in die Kuchel. Aber sie kommt leer zurück und ist verlegen um die Red; und sie flüstert dem Jackl ins Ohr: »Jackl ... mir ham nixn ... sie gibt nix her ... hat s' gsagt ... für d'Wabn ... sie soll beim Hauser drent schauen ... hat s' gsagt ... und bei der Hanni.« Die Wabn lust auf und versteht gar gut, wenn sie's gleich nicht hört. »Ja, ja«, sagt sie; »i woaß's scho. Aber i bin ja gar net kemma zwegn der Ödnhuaberin ihran Bratn! Grad zwegn insane Buam! – Gell ja, Buam!« Und die Burschen nicken ihr zu, schutzen geringschätzig die Achseln gegen die Kuchel und geben ihr Bescheid mit einem Trunk: »Mach dir nix draus, Wabn! – Zum Wohlsein!« Der Jackl aber springt auf und rennt hinaus zur Wirtin. »Wo ist der Bratn?« – »Im Röhrl drin!« sagt die Dirn. Aber die Ödenhuberin fragt: »Für wem?« und stellt sich vor die Bratröhre. – »Frag net lang! – An Bratn will i!« – »I hab koan Bratn für die alt Hex.« – »Du gibst oan her!« – »Naa, sag i!« – »Muatta! – Tua mi net ärgern!« – »Soll nur zu dene da drent ume geh!« – »Du gibst eahm an Bratn, sag i!« – »Naa, gar nia net.« – »I wills habn!« – »Dees kümmert mi gar nix.« – Der Jackl wird langsam bleich. Seine Red ist heiser. »Du gibst eahm koan?« – »Naa. – Durchaus gar net.« – »Guat. – I geh heunt. – Du tuast mir die letzte Bitt, wo i hätt, net z'liab. – Guat. – Alsdann konn i nimmer einigeh zu meine Kameraden, konn i mi nimmer sehgn lassen. Muaß i alloa geh. – Aber... daß d' es woaßt ... mit dir ... hab i nix mehr zum verhandeln ... mi siechst nimmer ...« Draußen ist er in der Schenke, reißt den Hut vom Nagel, packt das Kofferl und rennt durch die Schenktür davon. Der Ödenhuber läuft ihm nach. Die andern haben's nicht bemerkt. Grad die Wabn hat ihn fortrennen sehen. Die zieht den zahnlosen Mund zusammen, wirft einen herben Blick hinaus in die Kuchel und tut danach, als wäre nichts gewesen. –

Die Ödenhuberin hat den Jackl reden hören, greinen, drohen. Jetzt ist er weg. Sie steht starr am Herd – eine ganze Weile. Auf einmal hört sie die Schenktür zuschlagen – sieht den Wirt hinausrennen. Da murmelt sie: »Mariand ... er werd do net am End ...« Und sagt schnell laut zu der Magd: »Richt an Bratn her fürn Jackl!« Und eilt hinaus – aus der Kuchel – aus dem Haus.

Da kommt ihr der Wirt entgegen, zürnend und greinend. »Narrets Weibsbild, narrets! – Net amal an Buam sei letzte Stund dahoam is dir heili gwen ... dir ... du ...« Sie starrt ihn an. »Is er furt? ...« – »Hast 'hn ja triebn dazua!« Er geht müd ins Haus. Sie schaut gradaus »Hast 'hn ja triebn dazua ... Jess' Maria ... er is furt ...« Sie rennt plötzlich dahin. »Jackl! – Jackl! – Bua!« Sie horcht. Da tönt ihr ein spöttisches Lachen in die Ohren. Und eine Stimm sagt höhnend: – »Was plärrst denn a so, Wirtin? – Hast leicht dein Buam verlorn!?« Die Hanni! Die Rumplhanni! – Das ... ! – »Werst 'hn kaam mehr daschrein kinna, dein Jackl! – Der is scho leichtli z' Voglriad! – Und renna tuat er, wia wann der leibhafte Teife hinter eahm her waar! – Aber … der Teife dawischt ’hn nimmer, denk i! – Mitsamt sein Gschroa: Jackl! – Bua!« Fort ist sie.

Die Ödenhuberin aber schluchzt wild auf, wird plötzlich ganz still, wird abermals laut und beginnt zu jammern, zu schreien, zu fluchen; auf die Alt, die Rumplwabn, auf die Hanni, auf die Hauserischen, auf alles. Und sie geht zurück ins Haus, hinauf in die Schlafkammer. Da riegelt sie sich ein, legt sich zu Bett und zieht die Zudeck fest über die Ohren, daß sie nichts mehr hört von dem Lärmen und Singen. –

Mittlerweil haben die drunten in der Wirtsstube lachend und stänkernd ihr Freimahl gehalten, und einer um den andern fängt gemach an, Trutzgstanzln abzusingen. Da ist einmal der Müllermartl; der läßt sich zuerst hören:

»Leut, habts nur koa Angst net,
Es hat ja koa Gfahr!
A boarische Watschn
Gspürt ma zworavierzg Jahr!«

Worauf der Schmiedkaspar dreinsingt:

»Bua, der Russ’ bal mi siecht,
Na’ roast er wia a Has;
Denn wo a Schmiedpratzn hihaut,
Wachst drei Jahr lang koa Gras!«

Der alte Schmied lacht still in sich hinein. Er betrachtet seinen Kaspar mit blinzelnden Augen. Und mittendrin sagt er aufschnaufend für sich hin: »D’ Welt muaß boarisch bleibn, sinst is’s ja nimmer schee!« Wobei er aber der Welt hübsch enge Grenzpfähl steckt: so vielleicht von Holzkirchen über Sauerlach und der Münchnerstadt auf Wasserburg – und von da etwan über Rosenheim, den Wendelstein und über Miesbach wieder Holzkirchen zu; also daß sein Heimatl samt seiner Hütten hübsch gutding in der Mitten liegt. – Und die alt Rumplwabn gibt ihm recht. Bloß der Tag des Auszugs paßt ihr nicht recht. »Ja ha, Buam!« sagt sie ein übers ander Mal; »daß's jetz gar grad allsamm heunt roasen müaßts? Grad auf Mariä Schnee! Dees werd enk koa guats Zoacha, fürcht i! – Dees bedeut enk koa Hoamkemma vor'm Winter!« Worauf der Reiserfranzl sie beruhigt: »Dees macht nix, Wabn! Strickst uns halt derweil hübsch warme Wintersöckl!« Das verspricht sie hoch und teuer. Dann trinkt sie ihr drittes Stamperl leer und schnupft danach eine kleine Gefälligkeitsprise aus der Dose des Hufschmieds.

Unterdessen hat sich der Ödenhuberknecht, der Sepp, hübsch nahe an die Alt heran gemacht. Jetzt fragt er sie halblaut: »He, du, Wabei, du woaßt do allerhand simpathetische Sachan; kunntst mir da net vielleicht epps a Trumm gebn – oder so an Spruch oder a Gweichtl, woaßt, daß i halt a bißl a Glück hätt da draußt. Du brauchst es ja net umasinst toa, verstehst, Wabei. – Auf a Markl hi oder zruck gangs mir net zsamm, bals was helfat.« Die Alt hört ihm aufmerksam zu. Jetzt sagt sie: »Aha. – I versteh di scho. Du bist halt aa oana, der wo moant, er hat d' Himmelschlüssel mitsamtn Seligkeitsverschrieb in sein Geldbeutl drin. Aber i fürcht alleweil, du hast falsch graten! Den's treffa muaß, den triffts, da hilft eahm koa Sanktus und koa Benediktus!« Der Sepp aber läßt sich nicht so leicht abwehren. »Naa, dees is net wahr, Wabei! – Dei Sach hat no alleweil an gwissn Triffauf ghabt! Du woaßt ganz gwiß a Hilf oder an Segn!« Er sagt's so laut, daß es die andern hören können. Und da tönt's auch schon durcheinander: »Was gibt's da? Was hat d' Wabn? He, da möcht' ma fei aa epps!« Sie stehen auf und drängen sich um die Alt. Aber die jammert: »Marixn! – ös derdruckts mi ja! – Da geht oan ja glei der Adam aus, bei enkerm Wildtoa!« Sie kramt umständlich in ihren Rocktaschen herum. Die Burschen aber schreien: »Wabn! Mir! He! Mir aa epps!« Und die Maidln tun jämmerlich und bitten mit Blicken und Gebärden. Der Sepp vom Wirt stößt die Wabn in die Seite: »Gell, Wabei! – Grad an Betbriaf balst hättst! – Oder an Ablaßpfenning! ...« Aber da sind auch schon die andern; da möcht der Kaspar einen gewissen Segen, daß ihn keine Kugel trifft, – der Reiserfranzl ein starkes Russengift, – der eine dies und der ander das. Und der Martl vom Müller sagt: »Ein wirksams Marschierpulverl für d' Franzosen wannst hättst, Wabn, dees waar mir dees allerliaber!« Darauf aber der Wirtsknecht meint: »Du waarst ja net viel gschlecki! Kunnst ja d' Oblatn aa glei verlanga und an Löffel zum Eingebn!« Die Rumplin schmunzelt. »Teats enk nur net z'keiln, Buam! Laßts enk nur Derweil! Auf oamal haut ma koan Baam net um, hoaßts! Da jetz kimmt ja scho was: a Josephsringl! ...« Sie zieht ein gewundenes, rundes Beinringlein aus dem Sack und hält Umschau unter den Burschen. »Aha! Franzl, dees gib i gar dir! Auf daß d' deiner Christl net untreu wirst unter dem Kriag!« Sie reicht's dem verlegen Lachenden.

Da ruft der Schmiedkaspar unter dem Spott und Gelächter der Umstehenden: »Auweh! Jetz is er ausgschmiert, der Reiser! Jetz is's nix mehr mit der stolzen Pariserin, wo er gmoant hat...«

»Teats mi nur recht schlecht macha allsamm!« sagt der Franzl und schaut die Christl lachend an. Aber die droht ihm ganz ernsthaft mit dem Finger. »Du! I moan alleweil ... gar so unrecht werd'n s' net habn! Moanst, i woaß's nimmer, wiast beim Sindlhauser seiner Hoch-

zat grad mit der Rumplhanni alloa tanzt hast! Und an Wein hast ihr zahlt und hoamgweist hast es aa! ...« Der Franzl kommt ins Schwitzen. Und er plärrt der Christl ins Gesicht: »Lüag net a so! Hoamgweist wer i s' habn! Nix wahr is's! Balst es net glaabst, nachher fragst d' Hanni selber!« – »Die werd mirs akkrat glei sagn! ...« – »Ja no, i habs amal net hoamgweist!« Die Christl muß ihm glauben. – Und die Wabn bringt was Neues. Ein wächsernes Wickelkind. Sie reicht es dem Müllermartl. »Martl«, sagt sie zu ihm; »jetz hab i epps für di. – A Glückskindl. – I denk, du wirst es scho braucha kinna ... für di selber ... und aa für dees ander ... du verstehst mi scho ...« Der Martl schaut unsicher auf das Wächslein, auf die Wabn, auf die Susann vom Schneider, die neben ihm steht. Und die Susann wird brennrot übers ganze Gesicht – und ihre Augen werden langsam groß, trüb und voll Wasser. Verstohlen schleicht sie in die Kuchel hinaus, indes der Martl stockend sagt: »Net daß ich wüßt, Wabn! – I versteh di net ganz ...« Aber die Rumplin sagt ernst und nachdrücklich: »Werd scho eppa sein, der dir's auslegt, Martl. – D'Hauptsach is, daß d' wieder heil und gsund hoam kimmst; und daß d' aa draußt a bißl auf d' Hoamat denkst ... durch dees Wachsl ...« Der Martl riegelt verlegen den Hut und schiebt das Kindl in den Sack.
Die Umstehenden sind verstummt. Die Seilerchristl aber schüttelt sich. »Brr! – Aber Wabn! Dees hört si ja schier o wia a Wahrsagung! Da laaft oan ja a Gänshaut über!« Worauf die Alte meint: »Ja no, mir hat halt so seine gwissen Sachen. Aber paßts auf, jetz muaß i an Sepp was gebn!« Sie zieht ein langes doppeltes Band aus dem Sack, an dessen Enden zwei kleine Stoffpäcklein hängen, aus weißen, braunen, blauen und schwarzen Wollflecklein zusammengesetzt, mit Kreuzlein aus rotem Flanell daraufgenäht. »Alsdann, Sepp!« sagt sie; »da hast a alts

gweichts Schkapulier vo insan heilinga Vater Franziskus. I denk, dees is der beste Kugelschutz. Geh her, nachher häng i dirs o ...« Sie stellt sich auf die Zehen; und der Sepp, der endslange Loder, beugt sich zu ihr nieder, zieht den Hut ab und neigt den Kopf, daß sie ihm das Band um den Hals legen kann. Mit andächtiger Feierlichkeit hängt sie ihm das Skapulier um. Und sagt: »Alle neunhundertneunundneunzig Heerscharen sollen dir abtreiben alle Kugel – Scheiben und Spiaß – Schuß – Stoß – oder Schlag, so gwiß wie der Engel mit seinem feurigen Schwert vor dem paradeisischen Garten steht, in alle Ewigkeit. Amen.« Keiner lacht. Jeder zieht den Hut. Die Weiberten sagen mit eintönig und wehleidig singender Stimme nach: »In alle Ewigkeit. Amen.«
Und die Schustermirl sagt bittend: »Wabn, du hast so guate Segn; du bist alt und hast epps derlebt; geh, gib mein Kaschbern aa was! Du woaßt es ja ... heunt vierzehn Tag hätt' ma d' Hochzat ghabt! ...« Sie kann nicht weiterreden. Der Schmiedkaspar tröstet: »Sei gscheit, Mirl! Es geht halt jetz net anders. Na heirat' ma halt aufs Jahr ... bal i wiederkimm! ...« Der Hufschmied wirft den Deckel des Maßkrugs zu, daß es scheppert. »Ah mei ... I mag net redn ...«, würgt er heraus. Der Ödenhuber sitzt stumpf hinterm Ofen auf der Bank, hört nicht und sieht nicht.
Die Resl bringt der Rumplwabn in einem bläulich-schimmernden Glas den Zwetschgenschnaps. Und die Wabn ergreift das Glas. »Alsdann, Buam, jetz muaß i enk no an guatn Trunkspruch sagn – daß 's allsamm wieder gsund hoamkemmts: Tobias ging wandern ... von oan Ort zum andern ... begegnet eahm der Teife ... mit seinem krumpen Schweife; ... sollst nit mehr weiter ziagn ... i will di jetzund kriagn! ... Kimmt der Engel Raffael ... jagt den Teifel zruck in d'Höll; ... fahrts zua in Gottes Namen ... und des heiling Geistes. Amen.« Sie macht mit dem Glas

das Zeichen des Kreuzes über alle. Danach blickt sie im Kreis herum. »So, Buam, jetz habts mein Segn. – Stößts o mit mir und teats mir Bschoad!« Da drängen sich alle mit ihren Krügen um sie, und ein jeder stößt an.
Und der Hufschmied strafft sich zur Höh und ruft dazwischen: »Guat hast es gmacht, Wabn! – Aber ... jetz kimmt mei Spruch!« Er erhebt den Krug. »Auf daß a jeder sei Schneid und sein Hamur ghaltn tuat, und auf daß a jeder a so zuahaut, daß die ganz Band samt und sunders auf der Stell der Teife holt! – Insa Hoamat und insane Leut solln lebn! Hoch! Hoch! Und zum dritten Male: Hoch!« Und jeder greift wieder nach dem Krug und erhebt ihn, jeder schreit, so laut er kann, sein Hoch. So rinnt der letzte Trunk hinab; ein Jauchzen hebt an, die Ziehharmonika beginnt einen Landler, der Franzl reißt die Christl an sich, dreht sie im Wirbel herum und stampft und plattelt, daß es die andern gleichfalls mit Gewalt erfaßt; und auf ja und nein wird ein Tanzen und Schnackeln daraus, daß man wähnt, es wär am Kirchweihmontag.
Auch die Schneidersusann, die still vor sich hinweinend bei der Wirtsleni draußen in der Kuchel saß, wird wieder munter; sie steht auf, schaut erst eine Weile zu und macht sich danach an den Martl, der nachdenklich beim alten Schmied und der Rumplwabn hockt. »Martl! Magst net aa oan tanzn?« Den Martl aber gelüstet's nicht. Er steht vielmehr auf, faßt die Susann bei der Hand und zieht sie mit sich aus der Gaststube und aus dem Haus. »I bin net aufglegt zu dem Gschnack«, sagt er; »i geh liaber mit dir no a Stuck Wegs alloa.«
Unterdessen hat sich der Hufschmiedpauli zur Reise gerichtet, seiner Mutter, der alten Totenpackerin von Helfendorf, einen kurzen Abschiedsbrief geschrieben und tritt jetzt pfeifend aus der Tür, die der Lehrbub schlaftrunken hinter ihm abschließt. Schon will er die

Aßlinger Straße hinabgehen, da hört er den Lärm und das Jauchzen. »Die san ja no da!« sagt er zu sich selber; und er wendet sich rasch dem Wirtshaus zu.
Da sieht er bei einem der Fenster ein Weibsbild stehen. Er pfeift ihr. Sie fährt zusammen und wendet den Kopf. »Was willst?« Der Pauli tritt zu ihr. »Was willst denn du?« – »Werd di nixn ogeh!« Sie will weglaufen. »Ah! Dees is ja d' Rumplhanni! Was rennst denn davon?« – »Jess', der Pauli!« Die Hanni starrt ihn verwundert an. »Daß du aa mitn Kuferl daherkimmst?« – »Weil i aa mitgeh.« – »Ja, wia dees?« – »Freiwilli ...« – »Ja was! Freili!« Ein tiefes Bedauern liegt in ihrer Stimme. Und ein großes Mitleiden, da sie fragt: »Mei, was werd denn da dei Resl sagn?« Der Pauli lacht. »Was werd s' sagn? – Nix! – Um an andern muaß s' eahm halt schaugn!« – »Du bist aber grob!« Sie betrachtet ihn lächelnd. »Wann i d' Resl waar, – i liaß di net furt!« – »Wurdst mi kaam aufhalten kinna!« Die Hanni schaut ihn an; in ihren Augen lodert's. »Wett' ma, i kunnt! – I scho!«
Dem Pauli steigt jäh eine Hitze ins Gesicht. Es klingt unsicher, da er sagt: »Naa. – Net. – Koane.« Sie lacht. Er fährt sich über die Augen. »Daß d' so alloa da heraußden stehst, Hanni?« – »Weil i drin nix verlorn hab.« – »Geh halt a bißl mit eina!« – »Dees kannst dir denka! – I – zum Ödnhuaba!« – »Warum denn net! – Geh nur mit!« Er faßt sie am Arm. »Du bist do a ledigs Leut! – Du kannst do hingeh, wo d'magst!« Die Hanni sträubt sich. »Naa, sag i! I mag net! I hätts gar net in Sinn ghabt. I hab grad a bißl gschaugt, wer daß drin is. Moanst, i laß mi oschaugn!« – »Geh, sei net fad, Hanni!« Er zieht sie gegen den Hausgang. »Balst mit mir einegehst, sagt koa Mensch nixn!« – »Grad d' Resl. – Z'letzt moants gar ... i tat dir was wolln ...« Sie sieht ihn wieder an, lacht leise und zeigt ihre Zähne. »Und sie tat dir nachher zwegn meiner d' Liab aufkündn ...« – »Bal i dafür

a anderne kriagat ... ?« Der Pauli preßt ihren Arm, daß sie jammert: »Au! Du tuast mir ja weh!« Jemand tritt unter die Haustür. Die Hanni sucht ihren Arm freizumachen. Aber es gelingt ihr nicht. »Geh! Du tuast mir weh, sag i!« – »Gehst mit eine?« – »Laß mi aus, sag i dir!« – »Obst mit eine gehst, frag i!« – »Naa, i mag net!« – »Hanni! Geh, tua mir halt die Liab!« – »Du tuast mir aa koane!« – »Alls tua i! Was d'willst!« Von der Haustür her dringt ein Laut. Jemand geht hinein. Die Resl ... Die Hanni fährt zusammen. »Hast nix ghört grad?« Der Pauli stellt den Koffer nieder. »Was soll i ghört habn? Also gehst net mit? Nachher geh i aa nimmer eine. Nachher muaßt aber no auf d' Bahn a Stuck mitgeh!« Er hält sie mit beiden Händen. Sie schüttelt den Kopf. »I kann net. I muaß hoam. I sollt scho lang dahoam sein! Geh, laß mi hoamgeh!« Aber der Pauli ist unerbittlich. »Entweder du gehst no mit eine oder mit auf d' Bahn!«

Drinnen tobt das Tanzen, tönt das Spiel. »Hanni ... balst liaber mit auf Bahn gehst ... ganz alloa ...« Er sagts mit unterdrückter Stimm. Aber die Hanni lacht und sagt: »Wia die narret san! Dees packt öan glei selber o! – Alsdann, balst magst, nachher geh i no mit eine. Aber du muaßt amal mit mir tanzen!« – Und sie bückt sich um den Koffer, reicht ihn lustig lachend dem Pauli und drängt: »Also, mach! Sinst is er aus, bis mir kemman!« Da reißt er sie an sich, sie windet sich los, läuft an die Tür, und er führt sie hinein, wirft juchzend sein Kofferl auf einen Tisch und zieht sie in den Knäuel der Tanzenden. In der Schenke aber steht die Resl, weiß wie der Kalk an den Wänden, starrt die beiden an und lehnt sich todmüd an den Glaskasten.

Die Hanni tanzt und lacht und schmiegt sich fest an den Pauli, der sie wild herumwirbelt und dazu murmelt: »Herrgott ... Madl ... i kunnt di grad umanandreißen ...

daß d' Welt z'grund geht! ... Hanni! ... magst mi?...« Aber die Hanni lacht und sagt gar nichts.
Da ist der Tanz zu End, und einer schreit: »Auf gehts! – Geh müaß ma!« Worauf die Burschen nach den Koffern und Päcklein greifen, die Maidln ihre Blumenbüschel und Kränze zusammenraffen, der mit der Ziehharmonika sich an die Tür stellt und also alles sich zum Gehen schickt.
Da erblickt die Hanni ihre Großmutter, die Rumplwabn. Was ihr recht ungelegen ist; schon wegen der Feindschaft zwischen dem Hauser und dem Wirt, wegen des Anschauens auch, daß sie um die Zeit noch außerhalb ihrer Kammer ist, und – vor allem wegen des Pauli und der Resl. Sie schaut spähend nach der Schenke. Da steht die Resl immer noch wie eine, der sie das Blut aus den Adern gezogen haben, und starrt herüber zum Pauli. Der aber hat nur Augen für sie selber; er hält sie fest bei der Hand und will mit ihr gehen.
Doch da sehen ihn die andern. Mit ihr, der Rumplhanni. Und plärren schon: »Jess', der Pauli! Aus is's! Der geht aa mit! – Ja, Pauli! Alter Bazi!«
Und die Weibertn stecken die Köpf zusammen und wispern: »Ja heilig der Pauli! – Mit der Rumplhanni!« – »Die hat's ja do mitn Hausersimmerl ghalten?!« Die Susann sagts. – »I hab gmoant, mitn Reiserfranzl?« Die Christl wird brennrot und wirft einen wütenden Blick auf die Hanni und auf die Schustermirl, die es gesagt hat. »Ah! Die hats ja mit an jedn!« flüstert die Staudenschneiderlies verächtlich. »Aber er – der Pauli! Der hat do mit der Resl epps ghabt!« Alle schauen nach der Resl. Doch die ist eben durch die Schenktür hinaus. »Naa! dees glaab i net!« meint die Susann; »sie is ja grad a Kellnerin! – Verkohlt werd er s' halt habn!« Worauf die Christl geringschätzend sagt: »Und die ander is a Stallmensch! Und a schlechts Weibsbild!«

Unterdessen hat die alte Rumplwabn die Hanni erkannt. Sie steht so gschwind auf, wie es ihre alten Beiner erlauben, und humpelt mit zornfunkelnden Augen auf die Hanni zu. »Wia kimmst denn du da eina? – Zum Wirt!« – »Ah! D' Groß'...! 's Eahlei! Du bist aa da!« – »Was daß du da herin z' suacha hast, frag i!« – »Nixn, Groß'! Zwegn deiner bin i eina!« Die Hanni schaut ganz unschuldig drein. »Grad, weil i di herin gsehng hab, Eahlei!« Aber das Ähnlein, die Großmutter, glaubt ihr nicht recht. »Daß d' mir auf amal a so nachlaafst?! – Du kimmst do sinst aa nia zu mir ...« – »Bal i nia Derweil hab!« – »Daß d' nachher heunt Derweil hast? Jetz – um die nachtschlaffat Zeit!« – »No – wenn s' mi außagsperrt habn!« – »Außagsperrt wern s' di habn!« – »Wenn i dirs sag, Eahlei! I hab an Simmerl no sei Kuferl a Stuck Wegs tragn helfa, und wia i hoamkimm, is des ganz Haus zua, – hint und vorn. Und allsamm schlaffen s'.« – »Daß d' es na net aufweckst?« – »Moanst, daß i mi oplärrn laß! – Wo s' a so so grob san mit mir!« Ihre Stimme klingt weinerlich.

Die Wabn horcht auf. »Grob san s', sagst?!« – »Na, sag i! – Am liabstn jagetn s' mi a so auf der Stell aus, weil i neamd hab zum Schutz!« Die Alt ist plötzlich auf Hannis Seite. »Was! Ausjagn! Die solln si untersteh! Dees glaab i! – Dees kinnan s' ja gar neta! Dees kinnan s' ja überhaupts gar neta!«

Dem Pauli, der inzwischen seinen Freunden erklärt hat, daß er freiwillig mitginge, dauert der Disputat zu lang. Er faßt die Hanni unterm Arm und will sie fortziehen. »Geh, tratschts morgn, ös zwee! Jetzt gehn ma!« Aber die Hanni schaut ihn groß an. »He, he, Büaberl! Net so gach! Nachher gehst halt, balst geh willst!« Und die Großmutter greint: »Du bist mir aber amal a grober Lackl, a ohabischer! Glei laßt es steh, mei Hanni! Moanst, daß dee auf di wart! Da bist gstimmt, mei Lia-

ber!« Aber der Pauli packt die Hanni nur fester. Und lacht. »Geh, Wabei, sei stad! – Du verstehst ja nix! Du woaßt ja nix! Bei ins zwee is d' Warterei vorbei!« Und damit zieht er auch schon die Hanni aus der Stube und läßt die Alte wie angewurzelt stehen.
»Geh zua, Dirndl!« sagt er zur Hanni; »druck' ma uns! Mir wissens gwiß – und die oan müassn erscht ratn!«
Aber die Hanni kann auf einmal nicht mehr länger mit dem Heimgehen verziehen. Sie muß ihm den Abschied geben. »Pauli«, sagt sie draußen vor dem Haus; »jetzt müass' ma uns aber pfüatn! I muaß hoam.« – »Hoam! – Du muaßt jetz mitgeh, daß d' es woaßt!« – »Naa, Pauli. I ko net. Ganz gwiß net!« – »Grad no a kloans Wegei, Hanni!« – »I muaß hoam, Pauli! Ohne Bedingnis!« – »Und mi laßt alloa datschn! Du bist ausgschaamt!« – »Ja no ...« – »Hanni! ...« – »Guate Nacht! Und viel Glück!«
Sie läßt sich nicht mehr halten und läuft ihm unter den Fingern weg, durch den Wirtsgarten, hinüber zum Hauserhof, wo sie auflachend hinterm Wagenschupfen stehen bleibt.
Indes der Pauli Derweil hat, auf einem einsamen Weg nachzudenken über zwei Weibsbilder, oder trübsinnig auf die andern zu warten. Davon ihm das eine so lieb ist wie das ander, so daß er giftig ausspeizt, ein paarmal flucht und danach langsam vorausgeht, bis die andern nachkommen. Was nimmer gar lang dauert; denn drin in der Wirtstube sagen sie grad noch dem Wirt und der Leni Pfüagood, verwundern sich plötzlich, daß der Jackl schon fort ist, und dann ziehen sie lachend und singend dahin, indes der Ödenhuber trübschauend unter der Haustür steht und die Resl samt der Leni drin das Geschirr zusammenräumt, ohne Red, ohne Eil.
Der Hufschmied und die Rumplwabn gehen schwatzend heimzu, der Pauli mischt sich unauffällig unter die lärmende Gesellschaft, und die Wirtin öffnet dem Wirt die

Schlafkammertür, worauf sie wieder ins Bett steigt, sich gegen die Wand kehrt und auf den Schlaf wartet, den sie selber verscheuchte.
Drüben aber, beim Hauser von Öd, schleicht die Hanni am Haus entlang und sucht nach einem offenen Fenster. Und da alles zu ist, macht sie sich hinten beim Stadel eine Leiter los, lehnt sie an eine zerbrochene Fensterluke beim Heuboden und steigt hinauf, worauf sie durch den Kriadaboden in die Dachkammer schlüpft und von da über die Speicherstiege hinabschleicht ins Haus und in ihre Kammer. Dort legt sie gemächlich ihr Gewand ab, löst die Nadeln aus dem Haar und macht das Fenster auf, so daß die stille Nachtluft das ferne Singen und Spielen wie einen Hauch herüberschickt und ein herber Geruch von Grummet, Scholle und Dung in die Kammer dringt. Dann zieht sie summend die Schuhe und Strümpfe aus und legt sich zufrieden und lächelnd auf die armselige Lagerstatt, wie einer, der sein Sach wohlgemacht hat. Und da der harte Strohsack mit der rupfenen Zieche und dem härwenen Linnen sie rauht und drückt, da sagt sie halblaut für sich hin: »Laßts enk nur Zeit; als Hauserin lieg i scho besser!« Danach freut sie sich noch, daß sie der da drüben, der Resl, ihren Pauli noch so schön ausgespannt hat, gähnt und schläft ein, gut und fest.

»Kikerikih!« Dem Ödenhuber sein Gockel schreit den Tag an, so laut er kann. Der Hauserbauer, dem in der Nacht bald schwül und ängstig, bald fröstelnd und ungut zumut war, so daß er erst lang nach Mitternacht den Schlaf fand, dreht sich aufschreckend im Bett herum. »Sakramontsviech, verfluachts! Dir drah i do no d' Gurgel um! Plärrats Luada, plärrats!« Er schaut auf die Uhr. Drei vorbei. Die Hauserin liegt noch im guten Frühschlaf neben ihm. Das feiste, rotwangige Gesicht mit der

stumpfen Nase fest zwischen die karierten Kissenzipfel vergraben, den Mund etwas geöffnet und unterm Kinn das geblümelte Kopftüchl zu einem lockeren Knoten verschlungen. Wieder kräht der Nachbarsgockel. Der Hauser springt fluchend aus dem Bett. »Wann di nur mitsamt deiner ganzen Sippschaft der Deixel holn tat!«
Die Hauserin schließt den Mund, öffnet die Augen und fährt in die Höhe. »Was gibts? – Ja so. – Is's eppa scho halbe viere? – Daß d' scho aufstehst, Lenz?« – »Da möcht i scho lang fragn!« grandelt der Alt; »bal di dees Schinderviech, dees miserablige, net schlaffa laßt! Koan solchern gschroamauletn Gockl mußt ja auf der ganzn Welt nimmer finden!« – »Kikerikih!« Der Hausergockl gibt dem Ödenhuberischen Antwort. Und die Hauserin sagt gelassen: »Is eh scho Zeit. Hat a so der insa aa scho gschrian. – Gelobt sei Jes' Christ. – Na stehn ma halt wieder auf in Gotts Nam.« Sie setzt sich auf und schlieft in den vielfach geflickten wollenen Unterkittel mit dem abgenähten Kattunleib dran, den sie seufzend zuknöpft. »O mei Herr. – Wo werd jetzt insa Bua sei! – Daß er gar nixn hörn laßt, jetz is er scho glei a Woch furt, und no net hat er geschriebn.« Sie steht vollends auf und legt das schleißige, pichige Werktagsgewand an. »Der werd scho net Derweil habn zum Brieafschreibn«, sagt er und fährt in die Holzschuhe. »No, a Postkartn hätt er grad scho schreibn kinna, moanat i«, erwidert die Hauserin, knöpft das Schlaftüchl ab und fährt mit einem pappigen, pomadigen Kamm über den Scheitel. Dann bindet sie das schwarze Kopftuch auf und besprengt sich mit dem Weichbrunn, worauf beide die Schlafkammer verlassen und ihr Tagwerk anheben; er mit dem Futtermähen, sie mit dem Kochen der Morgensuppe.
Also nimmt der Alt die Sense von dem Aststumpf des Birnbaums hinter der Holzschupfe, wetzt sie und beginnt, auf dem Anger hinterm Haus das Gras des Obstgar-

tens zu schneiden. Weit ausholend und scharf anreißend mäht er in großen Strichen. Aber er ist nicht recht bei der Sache; erst reißt er mitten durch den größten steinigen Scherhaufen durch, danach schneidet er in die Hollerstauden, daß er langmächtig wetzen und schärfen muß, um die Endsscharten wieder auszuschleifen, und zuletzt steht er da, vergißt auf die Arbeit und stiert grad vor sich ins Weite.

Die Geschichte mit dem Simmerl und der Hanni geht ihm nicht aus dem Kopf. »Daß aa der Tropf so was ohebn muaß! ... Der Hannakn, der saudumme! ... Wia ma nur so damisch sei konn! ... Und heiratn! ... Aa no heiratn! Statt daß ma s' außezahlt, a so a Weibsbild ... Waar mir gwiß net auf a paar Hunderter zsammganga! ... Gwiß net! – Aber ... mit dem Buam is ja nix z' richten; ... der ghört ja von Grund aus ins Narrnhaus! – Und jetz sollst aa no drüber reden! ... Mit ihr ... der Hanni – und mit der Rosina. – Und die Alt hat doch aa mitz'reden, wo s' no dees Geld aufn Haus steh hat ...« Er fängt wieder hitzig zu mähen an. »Wenn ma wenigstens amal mit der oan gredt hätt! – Aber ...«

Ein zorniges Schreien und Schelten läßt ihn aufhorchen: »Schaug sie net o! Sie flaggat no im Bett, wenn ander Leut scho lang bei der Arbat san! Du moanst vielleicht, daß ma di grad zu der Regerazion fuadert!« Und die Hanni dazwischen: »Plärr net a so! – I steh um halb viere auf – und koan Augnblick net ehander!« – »Du hast aufz'steh, bal mir aufstehngan, daß d' es woaßt, du fäu's Trumm, du fäu's (faules)!« – »Und du brauchst mi gar nix z'hoaßn, daß d' es aa woaßt!« – »Balst moanst, daß ma di faulenzen laßt und herfuadert, bis d' foast bist, da brennst di!« – »Dees is gar ninderscht der Brauch, daß ma mitten bei der Nacht mit der Arbat ofangt!« – »Dees glaab i! – Aber daß ma d' Deanstboten fürs Faulenzen zahlt!« – »Durchaus net! Aber so ausnutzerische

Leut, wias du oans bist, muaß's ja überhaupts nimmer gebn!« – »Und koa so a ausgschaamte Goschen, wias du hast, aa nimmer!« – »I laß mi ganz oafach net a so hunzen!« – »Wer hunzt di denn?« – »Naa, sag i! – Wia a Stuck Viech werd ma hergnomma!« In dem Augenblick fährt die keifende Fistelstimme der alten Kollerin drein: »Was gibts da scho wieder! Was möchst du scho wieder, du ausgschaamts Weibsbild, du ganz ausgschaamts du!« Worauf die Hanni patzig auffährt: »Und du nachher? Was gehts denn di o! Di gehts überhaupts nixn o!« Der Alten schnappt die Stimm über. »Was sagst du? Was möchst du? 'S Mäu möchst aufreißn! – Daß i di net glei nimm und drisch dir oane in dei Bappen ...« Sie kann nicht mehr weiter. Die Luft geht ihr aus. Aber die Hauserin löst sie ab und schimpft weiter. Freilich umsonst; denn die Hanni läßt sie ganz einfach stehen, packt den Schiebkarren und fährt ihn hinaus auf den Anger hinterm Haus, wo der Alt eben die letzte Mahd schneidet. Und sie murmelt halblaut einen höchst unrespektierlichen Wunsch, greift nach dem Rechen und dem Korb und faßt also das Morgenfutter fürs Vieh ein, das bereits zu brüllen beginnt. ›A Goschen hats, a guate!‹ denkt sich der Hauser, indes er die Sense mit einem Grasbüschel reinigt. »Gfalln laßt sie die amal nix! Dees gfallt mir!« –

Die Stallarbeit und das Melken ist geschehen. Die Hauserischen sitzen schweigend beim Morgenkaffee; der Bauer mit gutem Appetit essend, die Bäuerin mit hochrotem Kopf hastig trinkend, die Kollerin gelb vor Zorn und nach jedem Löffel voll, den sie ißt, die Hanni mit giftigem Blick messend, und die Hanni gelassen und gleichmütig einbrockend und ebenso gelassen Brocken um Brocken auslöffelnd, grad als wär nie was gewesen. Was wiederum die Kollerin so aus der Scharnier bringt, daß sie mittendrin den Löffel hinwirft, ein Schimpfwort

herausstößt und davonläuft. Worauf die Hauserin ebenfalls austrinkt, schier blaurot im Gesicht wird und auch geht. Indes die Hanni sich ruhig noch einen Keil Brot abschneidet und gemächlich zu End ißt. –
Und da sie fertig ist, wischt sie sich mit dem Handrücken den Mund ab, macht's Kreuz und sagt aufstehend: »Hauser, was soll ma toa: Haber umdrahn oder Erdäpfel ausgrabn? Sie hat gestern gsagt, daß ma amal ofanga kunnt, – mit dee Rosenkartoffel wenigstens.« Der Hauser trinkt seine Schüssel leer. »D' Erdäpfel konn d' Muatta aa außatoa«, sagt er; »gar so viel brauchen s' net. – Du tuast Habern umdrahn, und i werd drunt bei der Niederloatn ritzen. Mit dem neuen Pfluagmesser werds scho geh, wenns aa guatding trucka is.«
Die Hanni nickt; dann nimmt sie den langen Haberstekken, schüttelt sich noch einen Rocksack voll Pflaumen von einem Baum und geht hinaus aufs Feld. Unterwegs begegnet ihr dem Staudenschneider sein Girgl. Er ist der einzige Sohn des Hofs drüben hinter der Kirch und mag dereinst einmal leichtlich seine siebzig- bis achtzigtausend Mark bar zu dem übrigen Sach erhalten. Der alt Staudenschneider, den im vergangenen Winter ein Schlag gerührt und zu allem Tagwerk unnütz gemacht hat, liegt tagaus, tagein auf dem Kanapee hinterm Ofen, lallt und jammert ein wenig, wenn er nicht seinen leichten Halbschlaf dahinsäuselt, wartet aufs Sterben – und aufs Heiraten vom Girgl. Aber noch hat er keine glückliche Brautschau gehabt, der junge Staudenschneider – trotz den achtzigtausend Mark, den sechzig Stück Vieh und hundert Tagwerk Wald und Grund.
Und daran trägt nicht so sehr sein jämmerlichs und verkrüppeltes Aussehen die Schuld, als vielmehr sein inwendiges Mannsbild. Denn man mag zehn Stunden im Umkreis Nachschau halten, man wird keinen Burschen finden, der sich mit ihm messen kunnt an anhabigem

Stolz und bockstarrigem Eisenschädel. Wie denn auch seine Mutter, die selige Staudenschneiderin, eine Bäuerin gewesen war, daß sie nur die Protzenmirl und die Millionenschachtel geheißen wurde, worüber sie sich freilich so erzürnte, daß ihr die Galle ins Blut geriet und sie daran sterben mußte. Darauf dann der alt Staudenschneider sich eine Haushalterin nahm und also mit seinem Girgl schlecht und recht fortwirtschaftete, bis ihn das Schlagerl streifte. Von da ab mußte der Girgl allein werken mit den drei Knechten und den vier Weibsleuten. Aber, wenn auch gleich alles wie am Schnürl ging und jeder im Haus den Jungen grad so achtete wie den Alten, schon wegen seiner Tüchtigkeit und Grobheit, so wurde ihm das Regieren doch immer zuwiderer; besonders in der letzten Zeit, wo die Knechte gleich seinen Rössern und Wägen vom Krieg requiriert wurden und er mit lauter Weibsbildern hantieren mußte.

Und auf den heutigen Tag ist er so weit, daß er sich sagt heiraten – ganz gleich, was für eine. Drum hat er auch heut seine Wichs angelegt mit den ledernen Kniehosen und trägt einen leeren Rucksack am Buckel, daß man seine beinerne Kirm, die ihm unser Herrgott schon mit dem ersten Schulränzel angehängt und entsprechend seinem Größerwerden alleweil wieder ein bißl höher aufgepackt hatte, nicht gar zu deutlich sehen möcht. Der alt Schneckennazi, der Schmuser, wüßt ihm wieder eine, eine Hochzeiterin. Herrgott, ja! Hols der Deixel! Es mag leicht schon die zehnte oder zwölfte sein! Und daß die ja sagen sollt als reiche saubere Burgermeisterstochter, wo die andern alle nein gesagt hatten, er kann's nicht recht glauben. Aber – er muß halt gehen. Und so geht er jetzt. Und trifft auf die Hanni. Die schaut ihn an und mißt ihn spöttisch von unten bis oben. Er sagt kurz: »Morgn.« – »Guat Morgn aa«, erwidert die Hanni; »gehst scho wieder zum Heiratn?« – »Kümmerts di leicht was?« – »Naa, gwiß net. I hab grad gmoant.« Sie betrachtet ihn lachend. »Sinst hätt i dir halt abgraten davon.« – »Warum?« Er fragts hastig. »No, weilst do wieder umasinst gehst! – Is schad ums Leder, dees wost abez'reiß'st von de Schuach!« – »Werd dir aber gleich sei kinna!« erwidert der Girgl gereizt; »bal i net die Nächstbeste ins Haus nimm, so is dees grad mei Sach! Dees geht neamd was o.« – »Freili net! Und bal die Weibertn Mannsbilder liaber san als wia Mühlesel, so gehts ja aa neamd was o.« Der Girgl ist ganz starr. Das hat ihm noch keine gesagt. Er sucht nach Worten. –

Aber die Hanni fährt schon fort: »Daß du überhaupts so weit umanand rennst um a Bäuerin? Daß d' net oafach oane von deine Dienstigen heiratst? Enka Mittadirn is do so sauber und so richti! Und kaam viel billiger, als wia oane von an Hof außa!« Sie sagts ganz ernst; aber in ihrem Gesicht zuckts und wetterleuchtets. »Wennst dera alle drei Jahr amal a neus Gwand kaafst und alle Jahr oa Paar Schuach, nachher kimmts di gar net so teuer! Fressen wird s' darnach aa net mehra, wia ehvor. Und bal s' als Staudenschneiderin wirkli a dickerne Haut auf der Kaffeesuppen verlangt, wia als Mitterdirn, so macht's dir derhalben dein Stall net laarer und dein Geldsack net gringer. – Hab i net recht?« Sie schickt sich zum Gehen an. »I tat mirs do amal überlegn, Girgl, dees mit der Mitterdirn!« Lachend entfernt sie sich.

Der Girgl steht da wie der Ochs vorm Berg und schaut, als ob ihm die Hennen das Brot gestohlen hätten. »Himmeherrgott! Da sollst jetz auf Brautschau geh! Wann dir oans d' Ohren so vollschwatzt ...« Er schaut ihr grimmig nach. Aber – wie er sie so dahingehen sieht, so stämmig, handlich, so ihren Platz ausfüllend, da kriecht ihm langsam ein Gedanke durch den Sinn, und je länger er ihm nachhängt, um so besser deucht er ihm. So daß er schließlich umkehrt und wieder heimgeht.

Aber es leidet ihn nicht daheim. Das, was die Hanni gemeint – mit der Dienstigen –, das bohrt in ihm herum. Bloß das mit der Burgl, der Mitterdirn, das paßt ihm nicht. Es dürft keine vom Hof sein, weil sonst die andern rebellisch würden. Eine aus der Nachbarschaft vielleicht? – Oder aus der Umgegend? – Herrgott, das Maidl wär gar nicht dumm, wenn mans richtig betrachtet! So ein untertänigs Frauenzimmer könnt man wenigstens richten, wie mans bräucht! Und sie verstünd was von der Arbeit; der kunnt keine was vormachen. Trotzdem wär er der alleinige Herr im Haus; denn von so einer laßt man sich die Hosen schon nicht abtun. Freilich, eine Hörige, ein Dienstbot in den angesehenen Staudenschneiderhof – die Mutter wenns wüßt, die tät sich noch in der Truch umkehren! – In ihm kehrt sich ja auch was um; aber wo es zum Nutzen und nur zum Vorteil gereicht, da kann man ja schließlich den Stolz auch einmal fahren lassen. Und wann er eine erwischte, die zu einer riegelsamen Tüchtigkeit und unbedingter Unterwürfigkeit auch noch eine gute Postur und ein saubers Gesicht mitbrächt, dann kunnt er wohl auf die oder die ander mockige Bauernmollen verzichten trotz Geldsack und Kuchelwagen.
Nachdenklich streift er durch die Felder, wo seine Weibertn und die gedungenen Mahder arbeiten. Und mittendrin steht er an der Haberleiten vom Hauser, wo die Hanni rüstig und mit leichter Hand schafft. »He, du, Rumpl!« Die Hanni wendet Büschel um Büschel, ohne aufzuschauen. »Hanni!« jetzt hört sie. »Du, i hätt epps z' redn mit dir!« – »Dees werd was Gscheidts sei!« Sie beginnt bei der nächsten Mahd und hört nicht einen Augenblick auf zu werken. Der Girgl schaut ihr wohlgefällig zu. ›Sakra; von dera kunntn die mein' was lerna!‹ denkt er. Und laut sagt er: »Teats heunt no einführn?« – »Bals Wetter guat bleibt, ko's scho sei.« – »Maht der Hau-

ser?« – »Naa, ritzen tuat er.« Die nächste Mahd wird umgelegt. »Hat enka Sixnblassin scho kalbet?« – »Naa, auf d'Woch, moanat i.« – »Stellts es auf, 's Kaibe?« – »Bals a Stierkaibe is, scho.« – »Sinst verkaafts es?« – »I denk scho. An Posthalter vo Beiharting werd ers halt wieder gebn.« – »Moanst, daß ers mir net gaab?« – »Muaßt 'hn halt fragn.«

Er verfolgt ihre Bewegungen wie eine Katz den Perpendikel der Stockuhr. ›Guat gstellt!‹ denkt er; »net gschlampert beinand; und koa Karfreitaratschn net, dees is was wert. Und d' Arbat geht ihr von der Hand – grad guat zum Zuaschaugn! Und gar net schiachredat; die richt't neamd aus und halt' zum Bauern ...«

»Hast ghört, Hanni!« Er beginnt die Unterhaltung wieder. »Was willst?« – »Hat der Simmerl scho epps hörn lassn?« – »Hab no nix redn hörn drüber.« – »Werst aa mehra z' toan habn jetz, wo er furt is.« – »Ja no. Wias halt is.« – »Bist eigentli du gern sell beim Hauser?« – »Warum fragst?« Die Hanni schaut ihn scharf an. – »I hab halt gmoant.« – Sie schafft wieder weiter. »Ja no; – is oa Platz wia der ander, wähn i«, sagt sie. – »Dees kimmt grad drauf o!« – »'S deanat Brot schmeckt überall gleich sauer.« – »Muaß ma halt amal a anders vorkosten!« – »Was nachher für oans?« Sie hält inne. Er schaut sie begehrlich an. »No – dees eigne halt!« Die Hanni lacht. »Aha!« Sie langt ein paar Pflaumen aus dem Sack und ißt sie, wobei sie die Kerne weit von sich spuckt. – »Hast no nia ans Heiratn denkt, Hanni?« Er steht wie am Sprung. Sie schaut nach den schneeweißen Wolkenballen, die sich um die Frühsonne sammeln. »I glaab net, daß 's Weeda aushalt heunt«, sagt sie und fängt wieder an zu wenden. – »I wüßt dir an Hochzeiter, Hanni!« – »Soo, sooo!« – »Kunnst in a scheens Sach eineheiratn!« – »Was d' net sagst!« – »'S Hoamatl guat beinand, verstehst! Und lauter foasts Viech und schwaartragate Gründ!« Die Hanni

schmunzelt. »Grad der Hochzeiter hat an kloan Fehler, gell!« sagt sie; »in der obern Stubn hat er z' wenig und am Buckel a bißl z' viel!« Auweh. Sie hat ihn schon. Aber der Girgl verliert die Schneid nicht. »Macht ja nix!« sagt er; »was eahm mangelt, dees kunntst ja du leicht guatmacha! Dumm bist net, und schiach zum oschaugn bist aa net.« – »Ja no. So dumm waar i amal gwiß net, daß i di heiratn tat!«
Der Girgl ist sprachlos. Die wär wahrhaftig gut zu der Feuerwehr zu brauchen; die hätt für jeden Brand ein Wasserschäffel bei der Hand! »Was sagst du?« – »Nix; daß i di net möcht, sag i.« – »Und warum net?« – »Weil i di kenn!« – »Moanst, daß d' es net guat kriagatst?« – »Gwiß kaam anderscht, wia a Mitterdirn!« Sie nimmt wieder etliche Pflaumen aus dem Sack. »Naa, mei Liaber, da bleib i scho liaber beim Hauser d' Oberdirn!« Der Girgl ist so starr über diese Antwort, daß es ihm schier die Red verschlägt. Nur mühsam bringt er die Frage heraus: »Du sagst also naa?« Worauf die Hanni ruhig eine Pflaume um die ander ißt und dazu sagt: »Gwiß aa no! – Da muaßt dir scho um a anderne schaugn, daß s' ja sagt! – Hast dir denkt, weil i dir den guatn Gedanka von der Mitterdirn einblasen hab, du mußt di glei erkenntli zoagn! – Naa, Girgl! I mags gar net so guat habn! I wüßt gar net, wo i di Truchen hernahm zu dem vielen Gwand, wost mir du schaffetst! I will di net von dein Geld bringa!«
Der Girgl faßt sich langsam. Und findet nach und nach die Worte zu einer Erwiderung. »Du schlagst mi also aus?« – »Balst es a so hoaßen willst, ja.« – »Ganz und gar?« – »Durchaus.« – »Und zwegn was für an Grund und Ursach?« – »Weil i di net mag.« – »Ah so. – Abspeisen tuast mi!« – »Wias d' es halt nennst.« – »Nachher gilt dir insa Sach gar nixn?« – »Dei Sach und du is zwoaraloa.« – »Achzgtausad san mir gwiß. Kinnan hundert-

tausad aa werden!« – »Vo mir aus zwee. I mag di net, und balst um und um voll Gold ohängst!«

Jetzt langt er. Jetzt hats ihn troffen. »Du sagst mir dees! Du! – Mir!« – »Ja; i – dir.« Sie arbeitet ruhig weiter, die letzte Mahd wendend. Der Girgl aber bohrt sich langsam in einen Zorn hinein, dessen Grundursach beleidigter Stolz ist. »Mir sagst du dees! Mir! An Staudenschneiderbuam von Öd! – Du! A Barasolflickersbankert! A windiger Deanstbot, a oaschichtiger!« Er kommt gemach in ein richtiges Schelten und Schimpfen.

Aber auf einmal fängt er an zu lachen, und lacht so laut und unbändig, daß die Hanni vermeint, es wär ihm ihre Absag ins Hirn gestiegen und hätt ihn um den Verstand bracht. Sie schüttelt den Kopf und fragt ihn schier ängstlich: »Was hast denn jetz, daß d' so dumm lachst?« Worauf er noch lauter und närrischer werkt, die Händ in die Hosensäck schiebt und schreit: »Was i lach, sagst! – Weil 's mi gfreut, daß i di so fein ausgschmirbt hab! Ha! Hab di ja grad derbleckn wolln! – Zum Derblecka taugst ja leicht! Du werst dir do net eibilden, daß i a solchene in Emst heiratn tat, wias du oane bist! A so a Herglaaffene! Moanst eppa, mir graust vor gar nix!«

Die Hanni ist langsam näher an ihn herangekommen; jetzt steht sie dicht vor ihm. Da sagt er das letzte. Sie hat die Zähn fest zusammengebissen, die Lippen öffnen sich, der Mund verzerrt sich ein wenig; und eh der Girgl sichs versieht, hat er eine so derbe Maulschelle im Gesicht, daß ihm das Feuer vor den Augen fliegt. – Die Hanni wendet sich ohne ein Wort zum Gehen.

Der Hochzeiter murmelt einen Schimpf, einen Fluch, und läuft gegen den Wald zu, wo zwei von seinen Mägden Streu arbeiten. Die findet er lachend und schwatzend auf dem Moos hockend; und er hört grad noch die eine sagen: »Ja, moanst eppa, daß 'hn i möcht! – A so a schiachs Mannsbild, und so bollisch und zwider, und a so a Gnack, a hungrigs! – Naa, liaber als harwene Büaßerin umanandlaaffa, als wia an solchem! ... Mariand Josix! ...« Sie springt erschrocken auf und greift nach der Mooshaue ... Aber das Wetter bricht schon los mit Donnern und Blitzen und Schreien und Schelten; und die Aufsag für die nächste Lichtmeß hat auch jede im Ohr.

Er geht fuchsteufelswild heim, der Girgl, und richtet sich aufs neue zur Brautschau, von der er leider spät in der Nacht immer noch als freier, lediger Jungherr sternhagelvoll heimfahrt. Indes die Rumplhanni zufrieden ihre Arbeit tut und des dienenden Standes Bitternisse nicht gar zu schwer nimmt in der Erwägung: Ewig dauert nix, und als Hauserin schmeckt mir amal mei Erdäpfelschmarrn grad so guat, wia der künftigen Staudenschneiderin ihra Bratl! Denn als Hauserin hab i d' Hosen o, und als Staudenschneiderin woaß i net amal, obs allezeit zu an Kittel glangt!

Der Frauendreißiger, die Spanne zwischen Mariä Himmelfahrt und Mariä Namen, ist für die Landleut eine heilige und gesegnete Zeit. Kräuter, zu dieser Zeit geweiht, sind ein Abwehrmittel gegen Feuersgefahr und Wetterschaden, eine Arznei gegen Krankheit und Siechtum bei Mensch und Vieh und eine sicher wirkende Hilf zur Abtreibung aller Zauberei und Verhexung in Haus und Stall. Kälber, unterm Frauendreißiger gezogen, sind gesünder und fruchtbarer wie andere, und man soll sie aufstellen. Die Kühe geben um diese Zeit ihre beste Milch, das Schmalz hat einen besseren Kern wie um Georgi und Jakobi und läßt sich gut einrühren als Winterschmalz und für die Kirchweih. Die Hennen aber legen in diesen Tagen ihre größten und schönsten Eier, die sogenannten Fraueneier. Diese gelten der Bäuerin soviel wie geweihte, ja, schier noch mehr. Denn ihnen haftet nicht die Vergänglichkeit alles Irdischen an – sie sind ohne allen Keim der Fäulnis und halten sich frisch bis Allerheiligen, also daß sie mit jedem Tag rarer und kostbarer werden und in den Geldbeutel der Bäuerin frei den Segen Gottes tragen zu einer Zeit, wo die Natur alljährlich aufhört mit dem Geben und Schenken, und also auch die Hennen ihr »Gagagagei! ... Henn legt ihr Ei, ga gei« immer seltener rufen und schließlich ganz damit aufhören bis zur Weihnacht, da sie dann der Hausmutter gemeiniglich die ersten Christkindl-Eier ins Nest legen.

Darum machen auch die Karrner und Kirmtrager, die jahraus, jahrein von Hof zu Hof wandern und für die Städter Schmalz und Eier zusammenkaufen, unterm Frauendreißiger viel Tritt und Weg umsonst und haben oft zu guter Letzt, wenn sie vom frühen Tag bis in die Nacht bei Sonnenhitz oder Regenschauer bergauf und talab gewandert sind, Kirm und Karren leer, die Ohren aber voll von grober, protziger Absag und Antwort. – So gings auch dem Buschenreiteranderl in diesen Wochen, und er schnauft erleichtert auf, da er am Samstag, dem dreizehnten September, die Glocken von Schönau und Tuntenhausen den letzten Tag des Dreißgers einläuten hört. Jetzt kommt die Zeit der Bratgickerl, der Enten und der Suppenhennen. Und er lädt seine Kirm und Körb auf den Schubkarren und beginnt seine Wanderschaft, dahin, dorthin, und auch nach Öd.

Da kehrt er zuallererst einmal beim Ödenhuber ein; denn er ist rechtschaffen müd worden und hat Hunger und Durst. Der Ödenhuber ist grad im Schlachthaus; denn da er für den Jackl noch keinen rechten Aushilfsmetzger gefunden hat, muß er selber schlachten und wursteln. Die Wirtin steht im Gemüsgarten und schneidet Gurken ab für den Sonntagssalat. Dabei schaut sie neugierig und verstohlens hinter den Johannisbeerbüschen am Zaun hinüber zum Hauserhof, wo die Kollerin und die Rumplhanni eben wieder wie ein paar Kampfgockel

aufeinander loshacken. Die Resl sitzt schwermütig am offenen Fenster und strickt neue Fersen in ihre blauen Strümpfe, indes die Kucheldirn am Ofentisch das Voressen für den andern Tag schneidet. Die Wirtsleni aber hat grad mit großer Hast ein Päcklein verschnürt, eine Adresse mit dem Vermerk »Feldpost« daraufgeklebt und steckt es jetzt rasch unter einen Haufen Flickwäsche hinten im Eck, wo eine taube Störnähterin unermüdlich auf der Maschine werkt und rasselt.
Der Buschenreiter trinkt langsam und schiebt bedächtig Brocken um Brocken zwischen die Zähn; bald einen von der Wurst – bald einen vom Brot, jeden aber erst in das bläuliche Salzfaß tunkend, damit er würziger schmecke. Die Leni setzt sich zu ihm. »Wo kimmst her, Anderl?« – »Vo Vogelriad uma.« – »Tuast kaaffa?« – »Bal i was kriag, scho.« – »Gibts scho hübsch Anten und Gickerl?« – »Mei, no konn ma nixn sagn.« Er zündet seine Tabakspfeife an. – »Bist z' Öd scho umanandgwesn?« – »Naa.« – »Beim Staudenschneider aa no net und beim Hauser?« – »Naa – warum?« – »I moan halt. – Werst scho was kriagn beim Staudnschneider, denk i.« – »Ja, konn scho sein.«
Die Resl muß in die Schenke. Die Maschine rasselt; die Dirn schneidet, ohne aufzuschauen. Die Leni holt eilends das Paket hervor. »Anderl – i hätt a Bitt an di.« – »Sags nur!« – »Geh, gib mir z' Schönau dees Packl auf. Es is von der Hauserhanni und ghört an Simmerl. Sie wills net wissen lassen drent, daß s' eahm aa hi und da was schickt. Jetz hat sie 's mir gebn. Aber i kimm aa grad net ummi auf Post.« – Der Anderl nimmt das Paket und schiebt es in den Joppensack. »Soo; von der Hanni, sagst. Und fürn Simmerl. – Is scho recht nachher.« Er trinkt aus. – »Tuas aber net vergessen, Anderl!« – »Naa, naa.« – »Und jetz trinkst no a Halbe!« – »Naa, dees leidts nimmer.« – »Die geht nachher auf mein Nama!« – »Für was denn?« –

»No – für d' Hanni!« – »Dees hätts net braucht, Leni. Aber – balst moanst ...« – Die Leni trägt das Krügl an die Schenke. »A Halbe no fürn Anderl, Resl; die kriagst vo mir.« – Der Buschenreiter bedankt sich. Dann fragt er nach Vater und Mutter, nach dem Geschäft, nach Hof und Stall. »Hat er guat kaaffa kinna, der Vata, beim letzten Markt?« – »Ja, vier Kaibe und a Kalbn.« – »Was hat er zahlt?« – »Für d' Kaibe a Fuchzgerl – und für d' Kalbn glaab i siebazg.« – »Wia schwaar?« – »Guate Zentnerkaibe; d' Kalbn vierthalbe.« – »Vo wem hat er s'?« – »I woaß net gnau. Vo Sindlhausen auffa glaab i.« – »Aha. Dees werd d' Moserkalbin sei. Und zwoa Kaiben aa. Dee müassn verkaaffa.« – »Warum dees?« – »Ja no; er is krank, sie is krank, der Sepp is in Kriag, d' Urschl alloa konn aa net alles dakraftn.« – »Freili net.« – »Is der Sepp net mit enkan Knecht beinand gwen z' Münka?« – »Freili. Bei dee Leiber.« – »Wo is na enka Jackl?« – »Der is aa bei dee Leiber.« – »Was, deraa! – Jetz hab i gmoant ... ja so. – ... Ja, du, is net der Simmer vom Hauser ...?« Er will das Paket aus der Tasche ziehen. Aber die Leni wehrt ihm hastig ab. Denn eben kommt die Ödenhuberin in die Gaststube. »Der is aa dabei. Jawoi. Der und insa Jackl sand in oana Kompanie.« – »Was d' net sagst!« – »Ja. In der viertn.«
Die Wirtin mischt sich drein: »Werd eahm zwider gnua sei, insan Buam, wenn er mit dem beinand sei muaß!« – »Dees ko ma gar net wissen, Wirtin!« – »Du moanst, daß si die zwoo ...« – »Da draußt ganz guat vertragn, moan i. In der Not gibts koa Feindschaft – zwischen guate Charakter!« – »Ah! Da schau her! – Da werst aber falsch gratn habn! Zwischen mein Jackl und dem ...« – Die Leni unterbricht sie: »Er hat aber gar net grob gschriebn, drüber, in sein letztn Schrieb! Da ...« Sie langt einen zerknitterten Brief aus dem Sack und liest: »Der Reiser, der Hauser und ich, mir stehen zusammen bei Saarburg, wo

wir stark gekämpft haben. Große Schlacht. Es ist grimmig hergangen. Aber mir leben noch. Ist gut, daß mir wenigstens drei Kameraden von einem Ort sind ...« Die Wirtin reißt ihr den Brief aus der Hand. »I will nix mehr hörn, sag i! – Hoffentli hats bald a End ... die Kameradschaft ... I wünsch neamd nix Schlechts ... aber ...« Sie geht in die Kuchel.

Der Anderl zieht den Geldbeutel. »Geh, zahln tua i.« Die Resl rechnet: »Zwanzg ... dreiadreißg ... sechsadreißg.« Die Leni legt wortlos dreizehn Pfennig dazu und geht aus der Stube. »Pfüa Good«, sagt der Anderl. »Kehr wieder ein!« erwidert die Resl. – Und die Leni flüstert ihm draußen im Hausflöz zu: »Vergiß fei net, Anderl ... und kimm auf d' Woch wieder!« – »Feit si nix«, sagt der Buschenreiter. Und er legt sich den Traggurt ums Genick, geschirrt sich an den Schiebkarren und fährt weg – hinunter zum Staudenschneider. Da ist die Haushalterin, die Susann, grad ganz allein; der Alt tut seinen Schlaf, und die Ehhalten samt dem Girgl sind auf dem Feld. Also hat sie freie Hand. Und sie nützt den Augenblick. »Was möchst denn habn, Anderl?« – »Was d' halt hast: Oar, Butter, Schmalz, a Henn, an Gockel, a Anten ...« Sie verschwindet in der Speis. Er folgt ihr mit einem Korb. »Um fünf Mark gib i dir Oar. Wiaviel gibt ma denn jetz? Zwölfe?« – »Naa, naa! Scho no vierzehne!« – »Dreizehne gib i dir.« – »Ja no. Is scho recht nachher.« – Sie läuft hinauf in eine Kammer. Und bringt einen großen Weidling voll Schmalz. »Sechs Pfund gehngan eine«, sagt sie, indem sie unter die Haustür tritt und einen raschen Blick auf die Straße tut; »a Mark fufzge 's Pfund.« – »A Mark dreißge zahlt ma jetz!« Der Anderl stellt den Weidling auf den Tisch im Hausflöz, zieht sein Messer und sticht das Schmalz kunstgerecht heraus. – »Nachher gibst mir halt acht Mark dafür.« – »Hast an Butter aa?« – »A bissl oan scho.« Sie läuft in den Keller und bringt einen Wecken.

»Fünfe wiegt er.« – »Nachher sans sechs Mark.« – »Naa, sechs Mark fuchzg!« Der Karrner packt ihn samt dem Schmalz ein. »Fünf mal zwölf is sechzge. Also macht er sechs Mark. Hast no was?« – »Naa, Anten hab i no koa abto, und d' Henna legn alleweil no ganz guat.« – »Alsdann: nachher ham mir fünfe, und acht sands dreizehne, und sechs sands neunzehne.« – »I hab denkt, zwanzge waarn's?« – »Balst ma no um a Mark Oar gibst, nachher scho.« – Sie legt noch dreizehn in seinen Korb. »Brauchst aber nixn z' sagn vor eahm, daß i dirs selber gebn hab, gell! Sinst schimpft er. I gib nachher 's Geld dem Alten!« Er zählt ihr vier Fünfmarkscheine hin. – »Hast es net in Silber da?« – »Warum?« – »No, weil eahm halt 's Papier so zwider is, dem alten Mo. Weil ers so schlecht siecht.« – »Heunt hab i 's net anderscht.« – »Ja no, nachher wechsels eahm halt i aus.« – »Wenn derf i denn wieder kemma?« – »Bis in a vierzeha Tag, denk i.« – »Soo. Aha. Is scho recht nachher. Pfüate Good.« – »Pfüa Good aa. Gehst zum Hauser aa umme?« – »Ja.« – »Aha. Is scho recht. Pfüate.« Sie schließt die Haustür und riegelt ab. Dann läuft sie in ihre Kammer, versteckt das Geld hastig in ihrem Koffer und geht danach ruhig hinab in die Kuchel.
Und da der junge Staudenschneider heimkommt, riegelt sie ihm das Haus auf und sagt: »Hast an Karrner troffa?« – »Naa.« – »Oar hätt er braucht.« – »Hast eahm oa gebn?« – »Naa. Er hätt fufzehne wolln, und mir gibt grad mehr zwölfe.« – Der Girgl freut sich über den haushalterischen Geist seiner Susann. »Hast scho recht to«, sagt er. – »I hab mir denkt, der werd scho amal wiederkemma, balst selber da bist.« – »Is mir aa liaber.« – »Dees hab i mir a so denkt. Drum hab i eahm aa gar net lang aufg'riegelt.« – »Is aa gscheiter.« – »Weils es net braucht, bal ma eahm do nixn gebn will.« – »Der kimmt scho amal wieder.«

Unterdessen ist der Buschenreiter zum Hauser gefahren. Die alt Kollerin bürstelt eben ihre Zeugstiefel ab für den Kirchgang. »Grüaß di Good, Muatta.« – »Grüaß di Good.« – »Is die Hauserin da?« – »In Stall is s'.« – Er geht in den Stall. »He! Hauserin!« Die Hauserin richtet grad eine Strohschütt her, legt den Kälberstrick und ein Ziehholz zurecht und stellt ein Schaff Wasser hinter den Stand einer kreißenden Kuh. »Hauserin!« – »Was gibts?« – »Hast nix für mi?« – »Ah, der Anderl! Naa, gar nix! Jetz, im Fraundreißger kaam er zum Kaaffa!« – »Oar hätt i braucht.« – »Gib koa her, koane Frauaoar.« – »Schmalz – Butter?« – »Ja! – Wo mir koa Milli net habn! Da, siechst es ja selber! D' Bleamlin hat vor vierzehn Tag kalbet, d' Blaß kalbet heunt, der Bachmoarin sei Kaibe is aa no dro, und zwee kalben auf d' Nachst. – Im Oktober gibts wieder Milli grad gnua.«
Der Hauser füttert grad die Ochsen. »Jetz derfst glei dableibn!« sagt er zum Karrner, der die Blaß aufmerksam betrachtet. – »Moanst, daß's so schwaar werd, daß es ös alloa net daziagn kinnts?« – »Konn scho sei! Hoffan tät mirs!« meint die Hauserin. – »Hats scho daucht?« – »Ja ja. Scho seit drei Stund. Konn nimmer lang osteh.« – »No, nachher wünsch i Glück«, sagt der Buschenreiter und schickt sich zum Gehen an; »und i schaug halt in a vierzehn Täg wieder her.« Er geht grad in dem Augenblick, da die Kollerin eben mit dem kupfernen Weichbrunnkrügl und einem geweihten Kräuterbüschel in der Hand eintritt, um die kreißende Kuh damit zu segnen und ihr in den Kräutern, auf die sie noch Ostersalz streut und Weichbrunn spritzt, eh sie dieselben in den Barren legt, ein wahrhaftigs Hilfsmittel gegen Unglück, Tod und Hexerei einzugeben.
Der Anderl spannt sich draußen wieder in seinen Karren. Die Hanni steht am Brunnen und wäscht das Seihtüchlein für die Milch aus. Da sagt der Karrner: »Hanni!« –

»Was gibts?« – »Hast ghört!« – Er dämpft seine Stimme. »I machs scho richti! Konnst di verlassen!« – »Mit was?« – »No – mitn Packl!« – Die Hanni schaut ihn groß an. »Mit was für an Packl?« – »No, fürn Simmerl!« – Sie schüttelt den Kopf. »Fürn Simmerl? A Packl? I glaab, du bist a Dummerl wordn, Anderl!« – Der Karrner ist wie vors Hirn geschlagen. Aber die Hanni sagt: »Moanst, daß i da di brauch, bal i wem was schicka will! I bsorg mir mei Sach scho selber! Dees hoaßt, bal i gern was bsorg!« – Dem Anderl geht langsam ein Licht auf. Aber der Andreas Buschenreiter ist ein Mann, der weiß, was sich gehört, auf den man sich verlassen kann. Und er denkt: ›aha‹; und: ›Schweigen ist Gold‹. Und lacht recht dumm. So dumm, daß er der Hanni schier erbarmt wegen des verlorenen Verstandes. Und sie fragt aus reinem Mitleid, um ihn auf was anders zu bringen: »Hast guat einkaaft, z' Öd?« – Er ist froh, daß sie ihn was fragt. Und er gibt ihr willig Auskunft. »Net schlecht«, sagt er; »beim Staudenschneider hab i um zwanzg Mark Sach kriagt, heunt.« Die Hanni zweifelt: »Ah! Daß der so viel hergebn sollt, dees Gnack ...?« – »Hat mirs ja d' Halterin gebn.« – »D' Susann?« – »Ja.« – »Hat denn die so viel Recht?« – »Werds scho habn.«
Die Hanni will noch was erwidern, da ruft die Hauserin aus dem Stall: »Hanni! – Her da zum Ziagn!« Und der Hauser pfeift ihr, die Kollerin grandelt erregt: »Daß s' denn wieder net zuawa geht!« Da sagt sie lachend: »Pfüate Good, Anderl« und läuft eilends hinein, um mitzuwirken bei dem Werk der Erschaffung eines wunderschönen Kälbleins, das dann vom Hauser mit Wasser übergossen, von der Hauserin mit Stroh abgerieben und von der Kollerin benedeit und gesegnet wird, bis es die Augen auftut, blökt und das Aufstehen probiert und endlich von der Hanni der Blaß zugeführt wird zur völligen Reinigung und mütterlichen Liebkosung. Worauf die

Kollerin der Blaß den Muttertrank einschüttet und die Hauserin den Melkeimer und das Stühlchen holt, um sie auszumelken, während der Hauser Strick und Ziehholz wäscht, bedächtig die Ärmel herabstreift und zuknöpft und sagt: »Um simme kinnts es ihr's erschtmal ostelln. Daß oans dabeibleibt, und daß ihr's net z' lang saufen laßts!« Danach geht er aus dem Stall. Die Kollerin folgt ihm.

Die Hauserin trägt die dottergelbe Milch, den Biest, in die Speiskammer und stellt ihn auf, und die Hanni legt das Kalb auf seine Strohschütt, wischt ihm die Augen mit der Schürze aus und bindet es an den Ring. Dann breitet sie der Blaß frische Streu unter und geht zum Nachtessen, dabei der Hauser sagt: »A scheens Kaibi is's. I stells aa auf. Und bal die nachstinga schee werdn, stell i s' aa auf. Daß der Stall schee voll wird, bis der Simmerl wiederkimmt.« – ›Und bis i Hauserin werd!‹ denkt sich die Hanni.

Wenn die Bienen anheben, ihre Waben mit Wachs zu überdecken, dann ist der Honig zeitig zum Schleudern. Also stellt am Frauentag der Hauser auch die Schleuder samt dem Honigkübel in die heiße Kuchel, verschleiert sich das Gesicht wie eine Engländerin, die eine Weltreise tut, zündet sich die kurze Pfeife an und sagt: »Alsdann; deckelt ham s', d' Impen, a guats Wetter is aa, daß s' net gar z'letz hand, i moan, i fang o zum Außahebn.« Und so beginnt der Tag, der von Honig fließt.

Die Hauserin taucht die Honigkelle ins heiße Wasser und löst behutsam das Wachs von den schweren Waben. Und während sie diese gemächlich durch die Schleuder treibt, schaut sie zufrieden auf den klaren Goldstrang, der durch den Seiher rieselt, drunten im Kübel noch wie ein dicker Faden sich windet und kräuselt und endlich in der kostbaren Lacke untergeht.

Die alte Kollerin trinkt unterdessen ihren Kaffee; aber da kriegt sie plötzlich einen Impenstich, und so ist schon in aller Früh eine Bitternis in die Süßigkeit des Tags geträuft: »Au sakra!« schreit sie und haut nach dem Imp, dabei sie leider auch die Kaffeeschale samt den Brocken hinabschlägt. »Hat mi scho oana g'angelt, a so a Toife! Luaderviech miserabigs! Naa, i sags ja! Daß's jetz grad heunt schleudern müaßts! Habts enk jetz koan andern Tag nimma gwißt, als wia an gottsheilinga Feiertag!«
Die Hauserin will sie beschwichtigen. Derweil aber übersieht sie, daß an dem Rahmen, den sie eben abdeckelt, eine Biene surrend und bebend vor Wut kreist und hin und wider läuft, plötzlich auf ihre Hand losfährt und sticht. »Eia! Hoaß Teife!« Sie wirft vor Schreck den Rahmen weg, daß er zerbricht. »Malefizviech!« Die Kollerin läßt die Scherben ihrer Kaffeeschale fallen und läuft erregt herzu. »Ja, wia konn ma si denn so dumm gstelln! Schmeißts den scheena Rahma weg! Geh! Wia ma nur so ungschickt sei konn!« Aber damit beleidigt sie ihre Tochter, die Hauserin. »Ungschickt! Dees glaab i! Bal oan a so a Krüppi glei angelt (sticht), daß oan's Feuer vor dee Augn brennt!« Die Kollerin tut verächtlich. »Ah was! Zwegn oan oanzign Stich macht ma do net a so a Gaude und a Aufhebats!« – »Aha!« sagt die Hauserin gekränkt. »I müaßt staad sei! Du hast ja aa gschimpft zuvor!« – »Gschimpft! Wer? I? Gschimpft wer i habn!« – »Aber schon hast gschimpft! Und dei Kaffeeschüssei hast aa weggworfa!« – »Weggworfa! Wia ma nur grad a so lüagn konn! ... Bals oan aberumpelt!« – »Vor lauter Gift und Gall!« – »Nix wahr is's! Mir werd wohl no redn derfa!«
Indem reicht der Hauser einen vollen Rahmen zum Kuchelfenster herein und nimmt etliche leere zum Einsetzen. Da hört er die beiden werken. »Aha!« sagt er

schmunzelnd. »Seids scho wieder bei der schmerzhaften Frühlitanei! – Da, teats liaber enka Arbat und grohnts nachher weiter.« Die Hauserin wirft ihm einen giftigen Blick zu; die Kollerin aber murmelt verächtlich: »Dees woaß ma scho, daß du a grober Rüappel bist!« – nimmt den Rahmen und deckelt ihn ab. Und sie hilft ohne weiters sogleich rechtschaffen mit beim Schleudern, ungeachtet der Stiche und Binkel und der Spottreden des Hausers.

Indem kommt das Liesei im Unterröckl mit verschlafenen Augen und wirren Haaren in die Kuchel. »Mein Kaffee möcht i! – Uih! Gschleudert werd! Juhu!« Sie stellt sich sogleich zur Großmutter und nimmt sich etliche Brocken von dem zerbrochenen Bau, streicht auch die Wachsschüssel sauber aus und nascht und schleckt, daß ihr der Honig an den Haaren hängt, am Gesicht klebt und von den Fingern träuft. Unterdessen wird die Hauserin allmählich müd und beginnt zu schwitzen, zu seufzen und zu schnaufen. Da fällt ihr die Hanni ein. »Ja kreizsakra! Für was hat ma denn an Deanstbotn! Wo steckt denn die wieder, daß s' net hergeht, bals a Arbat gibt?« Die Kollerin schaut sogleich nach. Im Stall; – aber da liegen die Kühe alle geruhig und wiederkäuend auf dem saubern Stroh, und die Hanni ist nicht mehr dort. In der Speis vielleicht! Doch die Frühmilch ist bereits ausgeseiht und in den Weidlingen aufgestellt. Und auch in der Eßstube ist sie nicht. Die Kollerin geht in steigendem Zorn hinauf in die Magdkammer.

Da sitzt die Hanni hemdärmelig im Sonntagsunterrock am Fensterbrett, hat das Tintenglas samt dem Federhalter vor sich und steckt eilends einen Brief in den Miederleib. Die Kollerin fährt sie an: »Wo steckst denn du? Wo hockst denn du umanand?« Die Hanni dreht ihr den Rücken zu. »Wo i mag.« – »Woaßt du net, daß d' a Arbat hast?« – »D' Stallarbat is gschehgn, sinst werds net viel z' toan gebn am Frauatag.« – »Frauatag hi oder her! Du hast z' arbatn, bals dir gschafft is!« – »Is mir aber nix gschafft wordn!« – »Soo moanst! – Nachher schaff dir i was!« – Die Hanni lacht spöttisch auf. »Du schaffst mir guat o! – Dees is dir net z' guat!« Die Kollerin bebt vor Zorn. »Was willst? – Du willst mi für an Narrn haltn!« – »Dees sagst grad du!« – »Von dir laß i mi fei net dablecka!« – »Brauchts aa gar net!« – »Moanst, di hat ma grad für d' Herrlichkeit?« – »Siecht net aus darnach!« – »Warum gehst na net abe zum Schleudern?« – »Weil mi dees nixn ogeht. Und weil i jetzt in d' Kirch geh. Bal's ös heunt gern schleuderte, kinnts es ja leicht toa! Da redt enk neamds epps ei. Aber i geh jetzt in d' Kirch.« Sie legt ihr Sonntagsgewand an, setzt den Hut auf und nimmt das Gebetbuch, ohne sich weiter um das empörte Wettern und Greinen der Kollerin zu kümmern.

Die aber rennt hinab zu ihrer Rosina. »Konnst da no redn! Sie hockt drobn ... wia a Prinzessin ... und schreibt Briaf! Und hängt oan d' Goschn o! Und weigert si zum arbatn!« Die Hauserin hockt müd auf einem Bänklein und hört der Alten zu. Jetzt sagt sie langsam: »Soo; sie weigert si, sagst? Zu der Arbat?« Der Hauser gibt grad einen Rahmen herein. »Soo, dees is der letzt. Jetz ham mirs.« Da sagt die Kollerin: »Ja, weigern tuat sie si!« – »Wer weigert si?« fragt er zum Fenster herein. »Da tat i scho lang fragn!« erwidert die Alte gereizt. »Wer anderscht, als wia enka Herzbinkerl, d' Frailn Hanni!« Und die Hauserin sagt energisch: »Dees Weibsbild kimmt mir jetz aus 'm Haus. Und dees glei. Auf der Stell sag i's eahm.« Sie steht auf und geht hinauf in die Magdkammer. Und überlegt unterwegs, was sie dem Weibsbild, dem anhabischen, sagen wollt.

Aber die Hanni ist schon weg – in die Kirche. Sie trabt schon durch das Gehölz und schaut etliche Male um, ob niemand hinter ihr herkommt. Und da sie keinen Menschen sieht, langt sie eilends ins Mieder und holt den Brief heraus. Sie geht zu einer alten, dicken Eiche und zieht einen Bleistiftstummel aus dem Sack. Und dann schreibt sie; schlecht und recht, wie es eben grad geht an dem rauhen Baumstamm. Hie und da blickt sie spähend auf den Weg, dann schreibt sie weiter. Endlich ist sie fertig damit; und sie überliest halblaut den ganzen Schrieb:

Gelibter Simmerl!

*meine Hoffnung daß du mir ein Brifflein schreiben kuntst oder sonst was rigeln zwegen deinen Heuratzverspruch hat sich mir zu schanden geworden. Dein Vater schweigt wie das Grab und du auch wo du mich doch so unglicklich angefihrt hast. Auch ist deine Mutter so vill grob gegen mir und die Kollerin weis schon bald gar nicht mehr wie daß sie mich beser drangsaliren sol. Die Verzweifflung dreibt mich zu der Feder. Ich muß dir auch mitteilen, daß sie mich heute schon so gehunst haben wegen den schleudern. Und von Reden wegen der Heurat zwegen dir und mir ist gar keine Rede nicht. Wens nicht bald was gwisses wird dan sage ich es ihnen selbsten den dan weis ich es gans bestimmt, daß du mich blos verkolt hast. Ich kunnt vile Burschen heuraten und der Staunschneidergirg möcht mich gleich. Aber ich gar nicht zamt sein Sach. Weil ich blos dich mag. Den Schmidfranzl hät ich auch haben kinnen aber ich wil nicht. Auch teile ich dir mit, daß die Susan vom Girgl so viel falsch ist und ihm untern Fraundreißger gleich um zwanzig Mark Eier und Schmalz verkauft hat in ihren Sack. Wo mir das gar nicht einfallen tät eine solche falschheit.*

*Ich warte auf dein schreiben und grißt dich deine unglikliche Hanni.*

Sie nickt befriedigt. »Jawoi. Entweder – oder. Jetz muaß was ausanandgeh, sinst werd mir die alt Hex no Herr.

Sicher is sicher ...« Rasch steckt sie den Brief in den Umschlag und macht ihn zu. Dann läuft sie eilig dahin, Schönau zu, wirft ihn dort in den Postkasten und geht danach aufrechten Haupts in die Kirche, wo sie sich breit in den Betstuhl der Hauserbäuerin setzt, als wär er schon ihr eigner.

Unter der Predigt überdenkt sie ihren weiteren Plan, und nach der Kirch, unterm Heimgehen, sagt sie – eins mit sich – zu sich selber: »Alsdann, morgn werd gredt und ghandelt. Nachher kann s' knerrn und röhrn, die Alt, soviel s' mag. Und am Irta (Dienstag) muaß der Hauser mit mir zum Notar. – Wer woaß's, wia lang daß der Kriag dauert ... und wia er sie auswachst. Und bal er fallt, der Simmerl – was is's nachher? – Was Schriftlichs is alleweil am besten, so lang i no net Hauserin bin. Darnach gib i mi mit scheene Wort aa zfriedn!«

Auf dem Weg nach Öd begegnet ihr die Wirtsleni. Die läuft schier atemlos durchs Holz und trägt in ihrer Schürze ein Päcklein. Und da sie die Hanni sieht, will sie eilends ausweichen; doch diese hat sie schon erkannt und ruft ihr zu: »Möchst an Pfarrer no gschwind 's Meßbuach bringa, bevor ma zwölfe läut't, daß er dir a Extraamt liest? Da derfst roasen, sinst is er grad bei der Vesper, balst kimmst!« Die Ödenhubertochter hat nicht viel Antwort bei der Hand. »Du muaßt alleweil was zum Derblecka habn!« sagt sie verächtlich und trachtet dabei, ihr Päcklein möglichst gut vor den Augen der Rumplhanni zu verbergen. Aber die ist schon wieder mit ihrer eigenen Sorg beschäftigt und geht weiter, so daß die Leni erlöst aufschnauft und eilends ihren Weg dahinläuft.

In Schönau geht sie in die Post und schreibt die Adresse auf ihr Paket: An den Gefreiten Simon Hauser vom Leiberregiment Infanterie, erstes Baion 4[te] Komponi. Dann geht sie nochmals heraus auf die Straße, gibt das Päcklein einem Kind und beschenkt's mit einer Münze dafür, daß es die Liebesgab am Postschalter abgibt. Worauf sie selber einen Augenblick in die Kirche eintritt, dann zum Grab ihrer Voreltern geht und schließlich sich wieder heimzu wendet, froh und zufrieden, daß auch diesmal das Päcklein den Weg dahin findet, wohin sie es vermeint.

Unterdessen ist die Hanni nach Öd gekommen und will grad neben dem Backofen des Ödenhubers ums Eck biegen, als sie aus dem Wurzgarten der Hauserin lautes Schelten und Schimpfen hört. Sie bleibt horchend stehen. »Ja, was is denn dees!« greint eben die Hauserin; »die ganzen Salatpflanzl sand hin! Und d' Gurkenstaudn sand ganz zerrupft! Und meine Astern liegn heraußt! Deixelsviecher, verflixte! Naa, i sags ja! Solcherne Henna muaßt ja auf der ganzen Welt nimmer finden, als wia dera da drent die ihran! Akkrat wia sie selber! Wo s' oan was otoa kinnan, da tean sie's! Aber i derwisch scho amal a paar so gschopfate Luader! Nachher drah i eahna 's Gnack um, dees woaß i!« Drüben steht die Wirtin hinter dem Gartenzaun, gut gedeckt von Bohnenstauden und Dahlienstöcken, und lust auf. Und jetzt fährt sie auf die Hauserin los: »Aha! 's Gnack draht s' eahna um, sagt s'! So, da is also die Betreffadi, wo mir meine ganzen Henna umbringt! Aber jetz geh i zum Wachtmoaster! Glei! Auf der Stell!« – »Ja, geh nur zua!« schreit die Hauserin. »Vo mir aus zum Teife! Aber daß nachher i aa geh, dees mirkst dir! Moanst, i woaß's net, wer ins die ganzen Stallhasen wegagfangt hat!« Die Ödenhuberin reißt eine Bohnenstange aus vor Zorn. »O du ganz niedertrachtigs, verleumderischs Weibsbild!« ruft sie aus; »mir hätten ihrane Stallhasen! Sag liaber, wost insane zwölf Anten hinbracht hast! Und wer insan ganzen Gartenzaun übern Haufen gfahrn hat, die vergangene Woch!« Jetzt ist's die Hauserin, die nach Luft schnappt vor Gift und Grimm. Und sie ist unfähig, der Wirtin noch eine ergiebige Antwort auf die Beschuldigung zu geben; ein hartes, trockenes Weinen kommt sie an, und sie muß an den Worten würgen, da sie sagt: »Mir?! Mir hätten dees to ...« Die Ödenhuberin betrachtet triumphierend diese Wirkung, und sie sagt: »Aha! Gell, jetzt hab i di troffa, du alte Speckschwarten! Jetz kommen dir d' Krokodilzachern! Bläck nur, daß d' net so z' schwitzen brauchst, wannst drobn hockst, am Amtsgricht!«

Aber da ist plötzlich die Hanni. »Daß d' di nur net z' früah freust, Wirtin!« sagt sie; »mir henkt koan, hoaßts, bal man 'hn net zuvor hat! Wo hast denn deine Zeugn?« Die Ödenhuberin fährt zusammen ... »Wer redt denn mit dir?« murmelt sie; »was hast di denn du da einzmischen?« – »Gar net viel!« erwidert die Hanni; »bloß so weit, daß i der Hauserin an Zeugn abgebn kann! An gwissen, verstehst! Moanst, daß uns mir alles gfalln lassen von enk! Gwiß net! Und jetz red i! – Wer hat seine Heißen (Pferde) die ganze Zeit in unsern Groamat drin? Wer hat seine Henna in unsern Troad drinna ghabt? Wer hat unserm Dirndl znachst an Hund oghetzt? ... Gell, jetz gehst! jetz willst nix mehr hörn! ...«

Die Wirtin hat eilig den Garten verlassen und schlägt laut schimpfend die Haustür hinter sich zu; die Hauserin aber steht da wie eine Siegesgöttin, schaut der verschwundenen Nachbarin noch eine Weile befriedigt nickend nach und wendet sich danach um nach der Hanni, um ihr zu sagen: »Dees hast aber guat gmacht; i sag dir mein scheen Dank!« Aber die Hanni ist schon droben in ihrer Kammer, legt das Kirchengewand ab und geht danach in den Stall, die Kälber zu tränken und das Vieh zu füttern. Erst zum Mittagessen erscheint sie in der Stube. Aber da ist sie wie immer: wortkarg und, wie die Kollerin zu sagen pflegt, ein unausstehlichs, anhabischs Weibsbild, das aus dem Haus gehört.

»Was is's nachher jetz mit dera?« fragt sie nach dem Essen, als die Hanni mit dem Geschirr in die Kuchel gegangen ist, »wia lang willst es jetz no fuadern für nix und wieder nix?« Aber die Hauserin hört diesmal nicht; sie fragt vielmehr sehr interessiert ihren Lenz, ob er das Fortgehn im Sinn hätt. »Willst no auf Schönau, heunt?« – »Warum?« Der Hauser liest gedankenlos die Zeitung. »I moan halt. Weil morgn Viechmarkt is z' Schönau. Vielleicht woaß oana was zwegn an Ochsen.« – »Ja so«, sagt der Hauser, »freili. Schaugn kann i ja. Dees kost't ja nix.« Und er legt die Joppe an, bürstet den Plüschhut aus und geht. Die Hauserin aber sagt zur Alten: »Muatta, heunt muaßt du in Rosenkranz geh!«, riegelt sich in ihre Schlafkammer ein und legt sich aufs Bett, indes die Liesl zum Staudenschneider in den Heimgarten geht und also die Hanni Hüterin des Hauses ist und des Hofs, von dem sie im stillen schon jetzt sagt: »Mein Haus, mein Hof.«

Beim alten Wirt zu Schönau ist die Gaststube schier übervoll von Gästen, Rauch und Qualm, so daß der Hauser nicht unrecht hat, da er zum Meßmer von Niklasreuth sagt: »Bruader, in der Höll bals amal a so zuageht und dampft, nachher kennt si leicht der Teife selber nimmer aus!« Kein Platz ist mehr da zum Sitzen; die Bauern haben den Herrgottswinkel und das Ofeneck ausgefüllt, und an den übrigen Tischen hocken die Jüngeren und die Dienstigen. Man redet vom Krieg. Und der eine meint: »Ja no; 's Belgien ham mir scho. 'S Frankreich ham mir aa scho glei; Paris kriagn man auf d' Woch und 's Rußland aufn Kirta. Bis Allerheiling ham mir nachher an Engländer umbrachte und z' Weihnachten sauf i mir mein Friedensrausch o.« – »Wenn dir der Italiener net 's Krüagl aus der Hand haut, derweil!« meint der Meßmer von Niklasreuth; »woaßt, den Schlawiner tat i scheucha!« Aber: »Was!? Den Katzlmacha!« heißt's da; »den Polantifresser! Den Maronibruada möchst ferchten! Was willst denn! Was will denn der macha! Hat ja grad oa Loch, wo er außikann, der Italiener!« – »Und dees is zuapitschiert!« meint der Hauser. »Dees ham eahm d' Österreicher a so verpappt, daß er a Jahr braucht, bis er si durchefrißt!« Und so wird weiter disputiert und politisiert, bis jeder voll ist und jeder genug hat und der Wirt sagt: »Feiramd, meine Leutln! Ins Bett werd gangen.« Da wünscht einer um den andern allerseits eine »guate Nacht«, der Wirt zündet seine Laterne an, nimmt den Schlüsselbund aus der Schenke und geleitet die letzten noch hinaus bis auf die Straße. »Alsdann, kemmts guat hoam und kehrts wieder zua!« sagt er noch; dann schlägt er die Haustür zu, indes die Gäste draußen noch eine Weile verhandeln, einen alten Brauch ehren und dann ihren Weg dahintrotten, der Heimstatt zu.

Der Hauser von Öd und der Meßmer von Reuth gehen zusammen. Sie sind so mittendrin in der Schlacht von Sedan anno siebzig und warten einander mit so viel Erlebnissen und Trümpfen auf, daß an ein Fertigwerden nicht zu denken ist. Ganz unversehens stehen sie plötzlich vor der Kirche zu Niklasreuth. »Ja, Herrschaft! Mir san ja scho da!« sagt der Meßmer verwundert, »mir san ja scho dahoam!« Da reißts den Hauser. »Dahoam!« ruft er; »dees glaab i! Du bist freili dahoam! Aber i! Himmeseitn! Jetz derf i den ganzen Weg no amal geh! A so a Viecherei! Renn i mit auf Reuth und sollt auf Öd!« – Er hört gar nimmer auf die Trostreden des Meßmers; brummend und mit sich selber hadernd geht er zurück, den Kopf tief zwischen die Schultern gesteckt, die Arme etwas nach rückwärts gestreckt, bald über den einen Fuß stolpernd, bald über den andern. »Herrschaftseiten!« brummt er für sich selber; »heunt glaab i gar, hab i an kloan Wurf! Heunt hat er scho glei wieder a so a guats Gsüff gehabt, daß 's ganz aus is! Zu an Krüppi kunntst di saufa! ... Aber die Alt! Sakra, die Alt werd grohna! Heunt werd s' scho richti' zwider sein, bal s' mir aufriegeln muaß! Am liabsten tat i gar nixen sagn dazu! ...« Unter solchen Betrachtungen und Erwägungen stiefelt er gemach seinen Weg dahin, braucht die ganze breite Straße, rumpelt wohl auch einmal an einen Zaun oder Baum an und steht doch zu guter Letzt ganz munter vor seinem Hauserhof.

Da setzt er sich eine Weile auf die Hausbank und überlegt: Sollst klopfen, oder pfeifen, oder still sein? Und bedenkt: ›jetzt schlaft sie, die Rosina, und du weckst si auf; und wegen eines Ochsen hast auch nicht geschaut und gefragt, und zu viel aufgelegt hast auch.‹ – Und ist also schließlich so weit, daß er halblaut für sich hinmurmelt: »Naa, klopfa tuast ihr net, der Rosina. Schaugst liaber, daß di d' Hanni einlaßt.« Damit hat er auch schon eine Leiter aus der Schupfe genommen und lehnt sie unters Kammerfenster der Hanni. Schwitzend steigt er hinauf. Die eine Scheibe ist nur angelehnt. Der volle Mondschein wirft seinen Schatten in die Kammer der Dirn. Die liegt fest schlafend, die Arme überm Kopf verschlungen, auf ihrer Lagerstatt. Der Hauser öffnet leise die Scheibe und starrt auf das Maidl. Und mittendrin fährt ihm das Wort »Kammerfensterln« durchs Hirn; ganz gähend, daß es ihm die Hitze in den Kopf treibt. Ein Gedenken an weit hinten liegende, junge Jahre kommt über ihn. Kammerfensterln!

Die Hanni wird unruhig. Sie wirft den Kopf herum, daß ihr die kohlschwarzen wirren Haare ins Gesicht hängen, läßt die Arme auf die Zudeck fallen und kehrt sich danach aufschnaufend auf die Seite. Der Hauser steht starr wie ein Wandheiliger; ein ganz seltsames Gefühl überkommt ihn und preßt ihm mittendrin den heiseren Ruf: »Hanni!« heraus. »Hanni!« flüstert er wieder. Das Maidl fährt in die Höhe. »Was gibt's?« Der Hauser beugt sich weit hinein in die Kammer. »Hanni! I bins, der Hauser! Der Bauer! Außagsparrt ham s' mi! Magst mi net einlassen?« Die Hanni sitzt erschrocken und schlaftrunken aufrecht im Bett und reibt sich die Augen. »Was? Du bist es, Hauser?« – »Ja, i bins. Durchlassen sollst mi durch dei Kammer!« Allmählich begreift sie. »Ja so! Du hast d' Uhr nimmer kennt!« sagt sie in ihrer Art, »und jetz muaßt di vor dein' Nachtwachter fürchten! – Mei, wannst moanst, daß d' durch den Türstock leichter aufn Strohsack kimmst, als wia anderscht, nachher geh nur durch. Vo mir werd neamd nix inne!« Der Hauser muß lachen. »Du bist es ja scho gwohnt, 's Staadsein!« sagt er, indem er sich mühsam durch den Fensterstock zwängt. »Is ja der ander aa leicht öfters auf dem Weg hoamganga, – der Bua!«

Die Hanni ist um die Antwort verlegen. Aber es fährt ihr durch den Sinn, daß sie ja mit dem Alten reden wollte, wegen des Simmerls. Ob nicht jetzt eine glückhafte Stund wär zu dem Anheben? Sie tut geschämig. »Ja no ... I hab 'hn aa net aufhaltn kinna!« sagt sie. »I konn ja di aa net aufhalten ...« Dem Bauern schlägelt das Blut bis zum Hals hinauf. »Glaabs scho«, meint er, »daß eahm der Weg net schiach vürkemma is!« Er betrachtet blinzelnd das Weibsbild. »Gar net übel!« sagt er sich, »guat gstellt und do net übermaßi gformt, sauber beinand und frisch in der Art, und dazua a Mundwerk wia a Spinnradl; Herrgott, wann i net der Alt waar ... aber ... wer woaß's ... vielleicht schatzt s' mi gar net so alt ...« – »Schiach zum Oschaugn bist scho net!« sagt er halblaut zu ihr; »gaab scho mehra Leut, dene wost gfalln tatst!« Die Hanni lacht. Ein ganz leises Lachen, dabei sie die Zähne weist und die Augen ein wenigs zudrückt, um sie nachher ganz groß und unschuldig aufzuschlagen. »Werd net so gefahrli sei!« sagt sie leise. Beim Hauser beginnt ein inwendigs Feuer zu brennen. Die Hanni meint verlegen: »Und net amal an Nachtkittel hab i o, gell! Weilst mi a so derschreckt hast!« Der Alt stiert sie begehrlich an. »I schaug dir nix weg!« sagt er heiser. »Aber mir wer i mein Verstand jetzt bald weggschaugt habn! Geh, laß mi a weng niederhocken!« – »Aber, Hauser! Was fallt dir denn ei!« Sie hält verschämt die Hände über der Brust gekreuzt. »Werst do in deiner Schlafkammer aa no an Sitz finden!« – »Aber koan so an kommoden!« flüstert er, setzt sich an den Bettrand und sucht ihre Hand zu fassen. Die Hanni weicht zurück an die Wand. »Geh, sei do gscheit, Bauer! Werst do deiner künftigen Schwiegertochter net heunt no d' Liab erklärn wolln! Laß mei Hand aus! Geh, laß aus, sag i!« Er läßt nicht aus. In ihm brennts lichterloh. »Hanni! Deixlsdirndl! Konnst ma gar net a bißl schee toa?« Sie will ihm ihre Hand entziehen. »Also sei doch gscheit!« flüstert sie wieder; »denk do an sie! Wenn sie's jetzt hört!« – »Ah was, die schlaft do! Geh, sag mirs, obst mi guat leiden konnst!« Der Hanni wird ungut zumut.

»Ja«, sagt sie, »freili konn i di leidn! I wer do gegen mein künftigen Vatern net grob sei! Aber jetz muaßt geh! Moanst, was der Simmerl sagn tat, wann er dees wüßt!« Sie zieht sich allmählich bis ans Fußende zurück und springt schließlich aus dem Bett. »Bist denn jetz ganz vom Verstand kemma!« ruft sie aus. »Wiast jetz net augenblickli gscheit bist, nachher schrei i der Hauserin! Oder der Alten!« Sie schlüpft in den Unterrock und stellt sich an die Tür. Der Hauser tappt ihr verlangend nach. »Dees werst aber bleibn lassen«, sagt er; »denn wannst mir du übel willst, nachher will dir i aa net guat! Auf mi kimmts o, obst amal Hauserin wirst!« Aha! Da hat er einen Trumpf. Einen, der was gilt.

»I sag ja net, daß i dir übel will! Aber i konn do net an Simmerl mit sein eignen Vatern oführn! Dees hat er do net verdeant, dei Bua! – Und wann i amal Hauserin bin, nachher zoag i dir's scho, daß i di aa gern hab ... als mein Vatern ...« – »Ah was, Vatern! ... Is scho recht, balst mi darnach aa no magst – als mei Tochta. – Aber jetz ... heunt ...« – »Heunt sagst mirs, ob i an Simmerl heiratn derf, gell!« Sie wird nachgiebiger. »Freili derfst 'hn ... alles derfst...« – »Und du gehst morgn mit mir zum Notar?« – »Zwegn was?« – »No, zwegn der Heirat. Woaßt, daß i halt eppas Gwiß's in Händen hab!« – »Ja so. – Ja no. – Vo mir aus. – Balst mir a bißl schee tuast ... nachher konnst verlanga ... was d' magst ...« – »Gell, und du laßt di net aufhalten, morgn! – Und i geh mit!« – »Freili gehst mit ... du ...« – »Und laßt es schreibn, daß der Simmerl nach dem Kriag an Hof kriagt ... Und i damit ... Gell!« Er verspricht alles; ja, er gibt ihr den ganzen Geldbeutel zum Pfand dafür, daß ers morgen richtig macht. Bloß um ein bißl Schöntun ...

Die Hanni zieht sich langsam gegen ihren Kommodkasten zurück. Da steht die Kaffetasse, welche ihr der Simmerl einmal von der Münchner Dult mitbrachte, und eine gipserne Statue der Lourdes-Madonna, und das Weichbrunnkrüglein. Der Hauser hat sie bei beiden Armen ergriffen und sucht, sie in die Höhe zu heben. In diesem Augenblick erhascht ihre Hand die Fransen der Kommodendecke. Und sie zieht an. Er will sie zur Lagerstatt tragen ... Rratsch ... »In Gottsnam! Hauser! Dees hat sie ghört!«

Der Alt hat sie gählings losgelassen. »Gefehlt is's! Hauser! Dees bal der Simmerl inne werd ...« Sie beginnt zu weinen. Der Hauser steht lauschend, mit wildklopfendem Herzen, an der Tür. »Sei do staad!« flüstert er; »laß mi do lusen! Noch hör i nixen!« – »Schaug nur grad, daß d' aus der Kammer kimmst! Mei Herrgott, sehgn

bal s' di tuat, d' Hauserin ... oder gar d' Kollerin ... auf der Stell muaß i geh!« – Der Hauser horcht immer noch. Alle Augenblick vermeint er, was zu hören. Da ... wars jetzt im Stall? Oder bei der Kollerin?
»Schaug, bal mir morgn zum Notar gehn ... nachher ... is sie net dabei ... und die Alt net ... geh zua jetzt! Gell, jetz gehst! Ganz staad! Und tuast ganz unschuldi! I nimms scho auf mi, dees Scheppern. I sag, daß oaner einsteign hätt wolln, und du hast 'hn vertriebn.« Ja, das ist ihm recht. Und er sagt zu allem ja. Und schleicht rasch aus ihrer Kammer, zieht draußen ganz still die Stiefel aus und öffnet die Tür zur Schlafkammer. Aber da liegt seine Hauserin schnarchend und blasend und fährt erst in die Höhe, als er sich fluchend auf die Kissen fallen läßt ... »Ja so, du bist es!« sagt sie beruhigt; und sie kehrt sich auf die Seite und schnarcht weiter. Indes er über seine Dummheit flucht, daß er so ängstlich war, über das Unglück mit der Decke nachgrübelt und sich auf keine Weise einbilden kann, wie es möglich war. ›Die muaß i rein mit weggrissen habn, wia i 's Madl umetragn hätt, i Rindviech!‹ denkt er. Herrgottseiten, scho so nahend dro ... aber ... morgn is aa no a Tag! Jawoi. Bis auf Eberschberg is a scheener Weg. Und sie muaß mit. Zwegn an Ödnhuaber, sag i. – Ah was! Jetz schlaf i gar! Werd si scho was finden! Und so halb und halb zufrieden, müd und mit schwerem Kopf dreht er sich um, zieht die Zudeck über die Achsel und schläft ein.
Die Hanni aber klaubt die Scherben der Lourdes-Madonna zusammen, indem sie sagt: »Gholfa hast mir do, wannst aa gipsern bist! Aber halt di net auf: bal i erst Bäuerin bin, nachher stell i di stoanern auf mit aner feinen Grotten!«

Der Hauser hat in der Nacht allerhand närrischs Zeug zusammengeträumt und ist erst beim Tagwerden in jenen traumlosen, tiefen Schlaf gesunken, den er sonst gewohnt ist. Daher kommt es, daß seine Hauserin ums Gebetläuten ganz erschreckt aus den Kissen fährt, aufhorcht, ihren Lenz noch tief schlafend neben sich sieht und also ganz und gar irr wird an der Zeit. Sie schüttelt den Bauern fest an der Schulter: »Lenz! He, du! Was läut' ma denn jetz? Brennt's leicht wo?«
Da schlägt's fünf Uhr. »Was?! Fünfe! – Ja, was is denn dees heunt mit dem Mannsbild! Um fünfe schlaft er no! Auf, du! He! Lenz! Aufsteh sollst! Ja, Herrschaft! Daß denn der net aufsteht!« Sie erhebt sich eilends und zieht sich erregt an. »Der muaß ja net schlecht gsuffa habn, gestern!" Wieder versucht sie, ihn zu wecken; doch wieder antwortet ihr nur ein tiefes Grohnen. Sie schüttelt ratlos den Kopf. »Dees is mir aa no nia passiert, daß i den Tropf net aus'm Schlaf bring!« sagt sie. »Bal der a so ofangt, nachher wern mir bald von die Federn aufs Stroh kemma. Der muaß ja an ganzen Banzen ausgsuffa habn!« Ihr Blick fällt auf seine Sonntagshose. »Da muaß i do scho in sein Geldbeutl nachschauen, ob er no drei Kreuzer drin hat, der Schwammerling!« Sie sucht in den Hosentaschen herum. »Wo hat denn der sei Geld? Der hat ja sein Zugbeutel net drin! Is der ohne Geld furt, gestern?« Eilig sucht sie seine Werktagshose durch. »Naa, da hat er 'hn aa net drin! Jetz, da hört si do scho allerhand auf! Hat denn der dees ganze Geld mitsamt 'n Beutl versuffa?!« Eine plötzliche Wut überkommt sie. Sie reißt ihm die Zudeck weg und plärrt ihn an: »Außa, sag i, du Lackl, du verlumpter! Is dees aa no a Wirtschaft mit so an Mannsbild! Wo hast denn du dein Geldbeutl? Wo hast denn du dei ganz Geld hinbracht! Wo bist denn du gestern gwen, daß d' koa Geld nimmer hast?« Der Hauser sucht erschreckt nach der Zudeck. »Noo! Konnst

oan net schlaffa lassen! Mitten in der Nacht reißt s' oan außa ...« – »So! Um fünfe in der Früah! Jetz woaß i's do gwiß, daß d' glumpt hast, gestern!« – »Glumpt wer i habn ...«, brummt der Alt und steht unlustig auf. – »Naa, sag i! Wo hast nachher 's ganz Geld hinbracht?!« – »'s Geld hinbracht! ... A so a dumms G'red!« Er schlupft in die Werktagshose. »Im Geldbeutl wer i's halt habn!« – »Aha! Im Geldbeutl! Wo hast nachher dein Geldbeutl?« – »Geh, Herrschaft! Wo wer i 'hn denn habn! In der Hosen halt!« – »So, in der Hosen! O du Lugenschüppel, du ganz schlechter, du!« Der Hauser ist ganz starr. ›Ja, was hat denn jetz heunt der Hausdrach – mit dem ewigen Gefrag!‹ denkt er. Aber da greift er selber in die Sonntagshose, in die Joppe, und findet den Beutel nicht. »Ja, Himmekreizkruzi ... !« Vor Schreck muß er sich aufs Bett setzen. »Wo hab denn i ...«

Seine Rosina will ihm daraufhelfen. »Wie i sag: verlumpt werst es halt habn ... werst scho anorts wo oane aufgabelt habn ...« Sie packt das Sonntagsgewand und bürstet etlichemal darüber. Der Hauser aber hockt da, reißt mittendrin die Augen weitmächtig auf, und es fällt ihm was ein – eine Todsünd. Herrgott! – Wenn sie ihm draufkommt ... gfehlt ist's... »Den muaß i rein danebn gschobn habn – beim Wirt ...«, sagt er unsicher, »da muaß i nachher glei ofragn lassen ... durch d' Hanni ...« Die Hauserin fährt auf: »Sunst nix mehr! Möchst es net die Deanstboten aa no einistreicha, was d' für oaner bist – für a Hallodri!« Der Alt zieht sich gedrückt vollends an; da hat er sich ja eine saubere Suppen eingebrockt! Wenn ihn nur das Weibsbild wenigstens nicht aufbringt! Das wär erst noch was! Herrgott, die Schand, vor ihr, der Rosina, der Alten, dem Simmerl! Sein Lebtag könnt er dem Buben nimmer grad ins Auge schauen, wenn er's inne würd, was ihm da sein Alter mit dem Weibsbild angetan hatt, oder doch wollte. Wenn er nur mit ihr zu reden käm, mit der Hanni! – »Wia? – Lus auf! – Hörst nix? – Was hat denn d' Muatter scho, heunt?« Die Hauserin fragt's im selben Augenblick und macht die Tür auf. Da hört sie die Kollerin plärren: »Is dees aa no a Art! Is dees no menschli! D' Loater loahnt um sechse in der Fruah no am Fenster dro! Und sie hat gar nimmer Derweil, daß s' an d' Arbat gang! Sie steht einfach gar nimmer auf, vor lauter Gloria!« Dem Hauser ist so ungut, daß er sich auf sein Bett hocken muß. ›Herrgott, jetz ham s' mi scho!‹ denkt er voller Ängsten. Und die Kollerin schimpft weiter: »Du ganz miserablige Stanz du! Moanst du, mir ham di dunga zu der Lumperei! Dei Herrlichkeit waar a bißl gar z' groß wordn bei ins da! Aber jetz hats a End, daß d' es woaßt! Insa Haus is a ordentlichs Haus – dees mirkst dir! – Da muaßt scho wo anderscht suacha, daß dir dei Schand geduld't werd, du Schuri, du gstroachte! So, und jetz packst dei Sach zsamm und druckst di! Glei, auf der Stell!«

Die Hauserin horcht ganz starr auf. »Was hat die?! Daghabt hat s' oan? Beim Fernsterln hat s' oan ghabt!? Ja, wo is denn der Schlampen, daß i 'hn nimm und außeschmeiß, daß s' nimmer einafind't, die Strohgeign, die schlechte!« Sie rennt voller Wut an die Kammer der Hanni. Aber die Dirn schlägt ihr die Tür vor der Nase zu und riegelt ab. »Willst du aufmacha!« brüllt die Bäuerin und reißt im höchsten Zorn an der Klinke, indes die Kollerin mit dem Kehrbesen an die Tür schlägt, daß es durchs Haus scheppert. »Obst guatwilli aufmachst, frag i di!« – »Fallt mir gar net ei!« sagt drin die Hanni. – »I hau d' Tür ei!« – »Vo mir aus zwee!« Die Hauserin läuft in die Schlafkammer. »Treib mir dees Weibsbild außa! So weit is 's jetz kemma, daß i mi außasparrn lassen muaß von so an Polster! Geh nur zua und jag s' außa! Und auf der Stell wirfst mir s' aus 'n Haus! Auf der Stell!«

Der Hauser sitzt immer noch auf seinem Bett. Er soll die Dirn jetzt ausjagen! Er soll ihr Grobheiten machen – wegen des Fensterlns! Er! Eine Hitz um die ander steigt ihm auf. Aber er sagt doch mit großer Ruhe und Gleichgültigkeit: »Was geht denn mi dees Weibsbild o! Machts do enka Sach selber aus miteinand! I misch mi do in koane Weiberleut net ei!« – »So! In Stich lassen willst mi! Gegen so a Schlamperl! Mi, d' Hauserin vo Öd!« – »Ös werds do selber aa firti werdn damit! – Seids do sunst net a so aufs Maul gfalln, du und dei Alte!« Er wundert sich selber über seine Ruhe. Aber – es muß doch nicht gar so schlecht stehen um ihn; die Kollerin hat ihn noch nicht in der Nase als den Hallodri. ›Da waar ja i dappig, wann i mi einmischen wollt und die ander gegen mi aufhetzen!‹ denkt er. Und er sagt noch mal zu seiner Hauserin: »Dees muaßt do selber sagn, daß dees koa Mannsbilderarbeit is! Balst moanst, na schmeißt es außi, aber was d' darnach einakriagst, dees woaßt halt aa no net!« – »So oane kaaf i mir heunt no am Markt!« sagt sie verächtlich; »und überhaupts hab i 's gar net im Sinn, no amal a so a Schloapfa z' dinga. Deswegn gschieht mei Arbat grad so guat, ob i jetz a so a Weibsbild da hab oder net!« – »Ja no«, meint der Hauser, indem er sich zum Gehen anschickt; »dees muaßt selber wissen. Zwegn meiner konnst oane habn oder koane. Mei Arbat tuat mir alleweil neamd. – Und jetz geh i zum Gras maahn. D' Küah plärrn.« Und indem er innerlich von Herzen froh ist, daß er sich so gut aus der Geschichte herausgewunden hat, tritt er aus der Kammer und sagt im Hinabgehen sehr laut zurück: »Is der Stall scho gräumt? San d' Küah scho gmolcha? Is 's Viech scho gfuatert? A Gsott (Häcksel) muaß aa gschnittn werdn! Und Runkelrüabn müaßts auszian, und Erdäpfel klaubn!«

Die Hauserin läßt ihn reden. Sie ist noch nicht eins mit sich: Soll sie das Weibsbild ohne ein weiteres Wort hinauswerfen, oder soll sie ihr noch ordentlich die Meinung hinsagen? – Die Kollerin indessen hat kaum die Befehle ihres Tochtermannes gehört, als sie auch schon knerrt: »Ja, schaff nur schee o! Dees konnst! Aber so an Besen richti ranschiern, dees konnst net! Da laafst davo! Werst scho wissen, warum. Werst scho aa net ganz sauber sein! Bist ja so a ganz a guater! Um sechse fangt er's Arbatn o! Um sechse! Wann andere scho lang müad san!«

Ihre Tochter, die Hauserin, hat gut gehört, was ihre Mutter eben sagte; und mittendrin fällt ihr der Geldbeutel ihres Lenz ein. Daher fragt sie ganz unvermittelt: »Muatta, woaßt du aa eahm sein Geldbeutl net? Sein Geldbeutl hat er nimmer!« Die Kollerin vergißt über dieser Frage einen Augenblick die arme Sünderin in der Kammer drin. Was die Hanni, welche alles mit angehört hat, dazu benutzt, ganze leise den Türriegel zurückzuschieben, den Geldbeutel des Hausers ins Mieder zu stecken und eilends durchs Fenster hinaus auf die Leiter zu steigen.

Im selben Augenblick tritt unten der Bauer aus der hinteren Haustür, sieht die Leiter und darauf die Hanni. Er läßt vor Schreck schier die Sense fallen. »Hanni!« fährt's ihm halblaut heraus. Aber die Dirn winkt ihm zu, still zu sein, steigt lautlos zu ihm hinab und flüstert: »Schnell weg damit! Dein Geldbeutel leg i dir in d' Schupfn, daß d' net Schläg kriagst von der Alten! Die hat so grad gsagt, daß d' a ganz a guater bist, und daß 's net sauber is – no ja, woaßt scho, was!« Sie lacht leise. »Mei, vo mir werd s' nix Neus inne!« sagt sie schmunzelnd; »dafür möcht i bald von dir was inne werdn! Woaßt aa scho, zweng was, gell?« – Dem Hauser wird auf einmal wieder leicht und wohl. »Siechst!« sagt er, »du gfreust mi! – Du bist a richtigs Leut! Aber laß dir nur Zeit: i mach mei Sach scho recht!« Damit trägt er die Leiter hinter den Stadl, indes die Hanni in die Holzschupfe läuft, den Geldbeutel des Hausers neben dem Hackstock auf die Erde wirft und danach ruhig in den Stall geht zum Melken. –

Unterdessen hat droben die Junge der Alten lang und breit erzählt, wie ihr Lenz den Geldbeutel samt der Münz nicht mehr heimbrachte, wie er nicht zum erwekken war, und was sie über ihn dächte. Und die Kollerin steht dabei wie ein alter Lämmergeier, streckt den Hals, dämpft die Stimm und flüstert: »Daß 's net sein kunnt! Daß s'n net verhext habn kunnt, an Lenzen! Mei Liabe, die macht dir no allerhand z' schaffa, balst es net aus 'm Haus tuast.« Wohl mag's die Hauserin nicht recht glauben, das von ihrem Lenz; aber die Alte macht's so wichtig und überzeugend, daß schließlich auch der Glaube ihrer Tochter wankend wird und der Zweifel an der treuen Ehelieb ihres Lenz in die Höh kommt. »Ja ja; – mei, daß 's net sein kunnt!« sagt sie nachdenklich. Und sie seufzt. Aber dann wird ihre Stimme entschlossen und fest, als sie sagt: »Drum muaß s' aus 'm Haus. Glei. Auf der Stell.« Damit hat sie auch schon mit der Faust an die Tür geschlagen und ruft nun hinein: »Ja, willst jetz du aufmacha oder net, du Herrgottsakramonter! Willst ins guatwilli einelassen, moanst, he!« Und sie packt die Klinke; die Kollerin lehnt mit ihrem Kehrbesen fest an der Tür und pumpert mit Füßen und Fäusten; die Hauserin reißt in aufflackernder Wut wild an dem Türgriff, und dann liegen sie beide, sich überkugelnd, in der leeren Kammer.

Die Hauserin ist die erste, welche sich faßt und erhebt. »Die is ja gar net da!« ruft sie; »die hat ins ja grad für an Narrn ghalten!« Die Kollerin rafft sich mühsam an ihrem Besen zur Höhe. Und auch sie muß sehen, daß die Hanni dahin ist samt der Leiter. Bei dieser Erkenntnis steigt ihr Zorn schier ins Ungemessene. »Was?! Furt is die Karnalje!« kreischt sie; »beim Fenster is s' auße, das

Gfriß! Ja, die soll doch glei ...« – »Auf der Stell der Teife holn!« ergänzt die Hauserin und geht voller Gift und Galle hinab, die Dirn zu suchen und ihr den Laufpaß zu geben, indes die Kollerin droben knerrend am Fenster steht und nach der Leiter schaut, wobei sie den Bauern sieht. »I wett, daß der Tropf im Gspiel is!« murmelt sie und beobachtet ihn lauernd, wie er langsam in die Holzschupfe geht, eine Weile herumsucht und plötzlich etwas vom Boden aufhebt. »Is jetz dees net ...« – Sein Geldbeutel ist's, ja. Er zieht ihn auf und zählt flüchtig den Inhalt; dann schiebt er ihn rasch in den Sack, nickt etliche Male vor sich hin und geht danach ins Haus.

»Jetz hat er 'hn ja!« sagt die Alte für sich und geht hinab. »Also hat er 'hn gwiß und sicherli verlorne wie er d' Loater gholt hat. Also is er am Fenster gwen. Drum muaß a End gmacht werdn, a gschwinds!« Sie läuft sogleich in den Stall. Da steht schon die Hauserin, reißt der Hanni den Melkkübel aus der Hand und plärrt sie an: »Du melchst mir nimmer, sag i! Du schaugst, daß d' mir aus mein Haus außekimmst! Du waarst no so oane, du ...« – »Aha!« sagt die Hanni protzig; »du bist nachher mehra wia oane!« – »Ha! Hoaßen möchst mi du was!« Die Hauserin erhebt drohend die Faust. Da mischt sich die Alte ein. »Was will die? Aufmandeln will sie sich no mit ihra Schlechtigkeit! Des Laster!« – »Und du nachher erscht, du alter Bachofa! Du werst nachher besser gwen sei! Di werdn s' scho in die Kindswindln heilig gsprocha habn! Da balst mir net ganz staad bist! ...« Die Kollerin muß krampfhaft nach Luft und Worten schnappen. Die Hauserin aber packt die Dirn rauh bei der Schulter und stößt sie zurück. »Jetz glangts aber!« schreit sie; »jetz is 's gnua! Jetz gehst, du Flitschen, du z'ammzepfte, oder i mach dir Füaß!«

Die Hanni hält sich gerade noch am Barren fest, um nicht rückwärts zu fallen von dem Stoß. Sie wird jäh bleich,

ballt die Faust und macht einen Schritt gegen die Hauserin. Plötzlich aber lacht sie verächtlich kurz auf: »Ha! Werd i mi do net vergreife... an so ana gwamperten Bauernsau! – An so an Scherbn ...« Damit läßt sie beide stehen und rennt davon, aus dem Haus, zu ihrer Großmutter, der alten Rumplwabn. Und auf dem Weg dahin sagt sie sich: »Habts mi guat außegworfa! I kimm scho wieder eine! Aber nimmer als Dirn! Nur als Hochzeiterin, dees mirkts enk! Nachher knerrts mir guat und plärrts mir guat, ös zwoo Michelidrachan!« Bei dieser Erwägung wird sie wieder ruhig und heiter und summt, als sie die Tür bei ihrem Ähnl öffnet:
»Der Franzos streit't ums Elsaß, der Ruß streit't ums Geld; I streit um an Bauernhof und pfeif auf die ganz Welt!«

Im Hauserhof geht's bös her. De Hanni ist nun drei Tage bei ihrer Wabn. Und die Hauserin merkt allmählich, daß ohne Ehehalten schwerer arbeiten ist. Aber – nachdem sie schon einmal mit Händen und Füßen gewerkt hat, bis das Weibsbild aus dem Haus war ... Das heißt: hat sie denn das? Sie steht müd und schwitzend vor dem Herd und sinniert. Und mittendrin sagt sie grandig zur Kollerin, die neben dem Ofen sitzt und Butter ausrührt: »Herrschaft, aber heunt hockst wieder lang da bei dein Rührfaßl! Dalebn konn ma di aber jetz scho nimmer!« Die Alte läßt den Rührschwengel fallen. »Jetz da schaug her! Fuchzg Jahr rühr i jetz scho aus, und no nia hat sich eppas gfehlt! Jetz auf amal waar i z' langsam! Nachher rührst dir ganz oafach selm aus, wennst moanst, daß 's bei dir schneller geht!« Sie steht auf und geht zornig aus der Kuchel. Die Hauserin ruft ihr gereizt nach: »Jetz rennt s' davo! Vo mir aus! I rühr net aus! I glang a so mit meiner Arbat! I durft mi a so z'reißen! Die ganz Stallarbat hab i, die ganz Hausarbat, 's Kocha, d' Feldarbat, 's

Dreschen ... jetz müaßt i gar no ausrührn aa! – Gern habn kinnts mi allsamm mitanand!«

In diesem Augenblick kommt der Hauser mit den Ochsen heim, spannt aus und geht in die Kuchel. »Is 's Essen firti? D' Ochsen müaßn glei gfuatert und tränkt werdn! Ham d' Küah eahna Sach? Habts d' Kaibe scho hibei ghabt bei die Küah? Nach'm Essen richts zum Dreschn o, und oa Fuada Erdäpfel muaß aa hoambracht werdn!« – »Und du konnst mi gern habn mit deiner Oschafferei!« schreit ihn seine Rosina an. »I bin doch koa Herrgott net, daß i überall z'gleich sein kunnt! Und 's Hexen hab i aa no net glernt bis jetz! Wennst so guat oschaffa konnst, nachher probier nur 's Arbatn aa!«

Der Alt läßt sie ruhig greinen. Er setzt sich in der Stube an den Eßtisch, macht das Kreuz und betet laut seinen Bittgarschön an den himmlischen Vater ums tägliche Brot. Und da ihm seine Bäuerin zu lange verzieht mit dem Essenbringen, ruft er hinaus in die Kuchel: »Muaß i no lang wartn auf enka Gfraß? Nachher geh i zum Ödnhuaber ume und kaaf mir mein Mittagmahl!« Worauf die Hauserin in lautes Weinen ausbricht, vom zu Tode Schinden und Zerteilen jammert und sich das Sterben wünscht. »Habts es ja net anders habn wolln!« sagt der Lenz. Die Hauserin hört ihn scheinbar nicht. »Hätt's es ganz schee aushalten kinna; du und die Alt!« bohrt er weiter. – »Ja no! Grad alles laßt ma si aa net gfalln! Die braucht mi koan Scherbn net z' hoaßen und koa gwamperte Sau aa net!« – »Mei, recht mager bist aa net!« – »Und zum Kammerfensterln hat ma s' aa net dunga!« sagt sie und wischt sich die Tränen mit der rupfernen Schürze ab. »Dees glaab i gar net, daß s' oan da ghabt hat!« erwidert ihr der Bauer. »Soo! Du glaabst es net?« – »Hast du oan gsehng?« fragt er ruhig. – »Nnaa, gsehng hab i eigentli neamd ...” – »Hast du d' Loater gsehng?« fragt er wieder. – »D' Loater!? Naa, i hab s' net gsehng.

Aber d' Muatta hat s' do gsehng!« – Der Hauser lacht kurz auf. »Ah was! D' Muatta! Dei Muatta siecht gar oft was! I wett, sie hat's grad gsagt, daß sie s' weiterbracht hat, d' Hanni!« Die Bäuerin ist starr. Sie muß sich niedersetzen. »Du moanst, daß gar koana dagwen is?« murmelt sie; »aber d' Muatta hat doch sogar gmoant, daß du ...« – »Die konn moana, was s' mag, sagst!« erwidert ihr der Lenz sehr laut. »Und balst du so eppas vo mir glaabst, nachher bist aa trauri dro ...« – »I glaabs ja a so net!« sagt sie schnell; »aber d' Muatta konns oan a so vürmacha, daß ma ganz zweiflat werd!« Sie trägt das Essen auf. »Aber dees konn i do net vergessen, was s' mi ghoaßn hat!« fängt sie von neuem an. – »Ja no! Da konn i dir aa net helfa. Werst es scho aa was ghoaßn habn! I muaß jetz essen, daß i wieder zu meiner Arbat kimm.« Während des Essens wird nichts mehr geredet. Der Hauser aber ist zufrieden mit seinem Werk. ›D' Weiber muaß ma bloß richti behandeln‹, denkt er, »die san akrat wia d' Roß: je schwaarer daß s' ziagn müassen, um so leichter daß s' zum zügeln san.«
Die Kollerin rührt wirklich nicht mehr aus; ja, sie läßt sich auch für den Tag nicht mehr im Haus blicken, sondern riegelt sich in ihre Austragkammer ein und verschmäht sogar das Essen. Die Hauserin aber schafft und werkt, schwitzt und seufzt, und hockt endlich abends ums Gebetläuten wie tot auf der Hausbank, kaum mehr fähig, sich zum Schlafengehen aufzuraffen. Da kommt plötzlich, wie hergeschneit, die Hanni. Sie geht quer durch den Obstgarten, kommt aufs Haus zu, geht ohne ein Wort an der Hauserin vorbei und hinein, läuft die Stiege hinauf in ihre Kammer und riegelt hinter sich ab. Die Hauserin ist völlig starr. Langsam wendet sie den Kopf, schaut der Dirn nach und sagt halblaut: »Ja, was is denn jetz dees!? Ja, die is guat!« – Erst nach und nach erfaßt sie die Dinge; und sie steht auf und geht in die

Schlafkammer, wo ihr Lenz bereits in den Federn liegt und schnarcht. Sie schüttelt ihn. »He! Du! – Lenz!« Der Alt brummt etwas und dreht den Kopf. »Du! Hörst mi? Sie is da ... d' Hanni!« – »No, laß s' da sein!« sagt er verschlafen. »Was die da no verlorn hat? Net amal an Gruaß hat s' ghabt für mi!« Der Hauser schnarcht schon wieder. Da kommt sie abermals ein Weinen an. »Er schlaft halt scho wieder! Und mit mir kann die ganz Welt toa, was s' mag! I bin der Depp hint und vorn! Und derf mi aa no alles hoaßn lassn! ...« Sie horcht hinaus. »Ja – bleibt denn die über Nacht da!?« Ganz leise schleicht sie sich an die Tür. Spähend schaut sie durchs Schlüsselloch. Da steht die Hanni beim Licht ihres Wachsstocks und packt langsam ihre Sachen in den armseligen Koffer. Danach zieht sie das Bettzeug ab, legt es mit der andern Schmutzwäsche auf ein Häuflein zusammen und wirft ein Stück Seife dazu. Und am End zieht sie sich ruhig aus und legt sich in das grobe, unüberzogene Bett, löscht das Licht ab und reckt sich auf dem knarrenden Lager. Die Hauserin geht gedankenverloren in ihre Kammer zurück. Also, sie will noch ihre Fähnlein waschen. Und das Bettgewand. Eigentlich ist es ja schön von ihr, daß sie an das Bettzeug denkt, daß sie ihren Dreck hinausputzt! Überhaupt denkt sie an die Arbeit, die Hanni! Da darf schon eine hergehen! – Aber – die Unverschämtheit, die Goschen ... Sie kann kaum einschlafen, die Hauserin, vor lauter Denken und Sinnieren. ›Ja ja, das Maulwerk! Direkt eine Sau hat sie einen geheißen! Einen Scherben! Nein, das kann man nicht angehen lassen!‹ – Da gibts keine Gnade mehr! Sie gähnt müd. Nein – die Arbeit in den letzten Tagen! Wenn das so weiterging? Freilich gehts so weiter, wenn nicht eine Dirn ... die Hanni ... Die Hauserin schläft. Mitten unterm Grübeln und Bohren sind ihr die Augen zugefallen.

»Rosina! – He! – Außa! – Zeit is's zum Aufsteh!« Der Hauser weckt seine Bäuerin. »Is ja no Nacht!« sagt diese müd und verschlafen. Aber es hilft nichts; sie muß aus den Federn. Wenn man kein Dienstvolk hat, muß man selber werken; und wenn man mit einem kurzen Tag Arbeit nicht zurecht kommt, muß man anstükkeln. Geschehen muß das Tagwerk, so oder so. Freilich, wenn halt die Dirn noch da wär ... »Jessas, d' Hanni! – Du, Lenz, woaßt es, daß d' Hanni da is?« Der Hauser brummt bloß: »Vo mir aus gnua!« – schlüpft in die Haferlschuhe und geht hinab, um das Gras fürs Vieh zu mähen. Die Hauserin schaut ihm wild nach. »O, du Erzlackl, du grober!« murmelt sie. »Naa, den bekümmert dees Weibsbild nix, dees kenn i. Da hat d' Muatta scho irr gsehng.«

Aber – die muß doch schließlich heraus! Die hat ja eigentlich gar nichts zu suchen da! Herrgott, jetzt geht halt die verflixte Schinderei wieder von vorn an! Und es kunnt doch alles ganz anders sein, wenn das lausig Ding da nicht so unverschämt gewesen wär. Ob sie nicht doch schon Reue hat, die Hanni? Man sollte sie doch aufwekken, heraustreiben! – Drunten brüllen schon die Kühe, plärren die Kälber. Und der Kaffee soll gekocht werden, und das Holz soll erst hereingetragen werden, und Wasser gepumpt, und Gras eingefahren, und Mist breiten soll man ... ah was!

Sie steht plötzlich an der Kammertür der Hanni. Und klopft hart an. »Hast du da einigheirat?!« Die Dirn rührt sich nicht. Da reißt die Hauserin an der Klinke. »Was hast denn du überhaupts no da z' suacha bei ins?« Diesmal antwortet ein undeutliches Gemurmel. »Woaßt du net, daß d' ausgjagt bist?«

Die Hanni ist längst auf und wollte eben mit ihrem Päcklein Wäsche fortschleichen, als die Hauserin klopfte. Jetzt sitzt sie unschlüssig auf dem Bett und überlegt, was sie entgegnen soll. »Obst net woaßt, daß i di ausgjagt hab?« tönt nochmals die Frage der Bäuerin hinein. »I wer wohl mei Sach z'sammpacka derfa!« erwidert jetzt die Dirn. Und im stillen denkt sie: ›Am End is's doch besser, i kehr mi auf die feine Seiten; mit der groben werd nix z' richten sein.‹ – »Hat dees so lang dauert, daß d' über Nacht dazu braucht hast?« fragt die Bäuerin. »Ja no, auf der Straß konn i aa net schlafa.« – »Wo hast nachher bis jetz gschlafa?« – »Bei der Ähnl. Aber sie hat gsagt, unterm Jahr derf i net geh.« Sie horcht gespannt hinaus. Was wohl die Hauserin jetzt für ein Gesicht macht? Vielleicht lenkt sie doch wieder ein? Wär ihr schon recht, wenn sie um den Bauern herum sein könnt! Der Alt ist ein Hallodri – den muß man am Schnürl haben! »D' Ähnl hat mi recht gschimpft, weil i nimmer bei enk bin!« sagt sie mit kleinlauter Stimme hinaus und horcht wieder. »Da hat s' scho recht ghabt!« meint die Hauserin und denkt: ›Z' kriegen wär s' scho wieder; braucha kunnt i s' aa wieder; und mögen? – No ... mei ...‹ – »Kunnst ja leicht no da sein bei uns, wennst net a so a ausgschaamte Goschen hättst!« – »Ja no ...« – »Für was brauchst mi denn du an alten Scherbn z' hoaßn?« – »Ja no ...« – »Und a gwamperte Sau hast mi ghoaßn!« – »Ja no ...« – »Also! – Gell, jetz siechst es ein, daß d' a ganz a ausgschaamts Weibsbild bist?« – Die Hanni steht schmunzelnd an der Tür. »Freili siech i's ein!« sagt sie mit weinerlicher Stimm. »No, wennst es nur einsiechst. Und jetz schaugst, daß d' abe kimmst zu deiner Arbat! Und hoaßn tuast mi nix mehr, daß d' es woaßt!« Sie muß eine Rührung niederkämpfen, die Hauserin; denn sie denkt mittendrin an das Evangeli vom verlorenen Sohn, von der Magdalena, von andern Sündern.

Die Hanni aber riegelt eilends die Tür auf, trägt beschämt den Kopf tief gesenkt und geht an ihre Arbeit. Der Hauser geschirrt eben die Ochsen ein, als sie in den Stall geht zum Melken. Sie schaut ihm herausfordernd ins Gesicht. Da blinzelt er sie an, sagt: »So so! – Na, alsdann!« und schlägt ihr das Leitseil um die Schultern. »Auweh!« sagt die Dirn mit einem leisen Lachen. Und sie geht zufrieden an ihr Tagwerk, indem sie denkt: ›Ein Riß in der Freundschaft schadet nicht, wenn der recht Schneider bei der Hand ist zum Flicken.‹

»Der Sommer geht ummi – fallt's Laab von die Baam;
Der Bua is in Kriag draußt – kimmt nimmermehr
hoam!
Der Bua is Soldat wordn und werd Kriagsgeneral;
Ja, wer liabt na dees schwarzauget Dirndl derweil?«

Hell singend verrichtet die Hanni ihr Tagwerk. Die Zeit geht hin, die Tage werden gemach kürzer und voll Nebel, und auch im Hauserhof richtet man sich für den Winter mit Daxenhacken, Torffahren und Holzklieben. Die Hauserin staubt die Spinnräder ab und legt die silberigen Flachszöpfe dazu, und der Hauser richtet die letzte Feldarbeit, bevor sich die große weiße Zudeck darüberbreitet und die werdende neue Saat vor Reif, Frost und Erfrieren schützt. Es ist ein geruhigs Arbeiten und Schaffen bei den Hauserischen; denn der Bauer und seine Rosina sind zufrieden mit dem, was die Hanni zuweg bringt, die Dirn wiederum hat keine Ursach zur Klag über ihre Dienstherrschaft, und die alte Kollerin ist schon seit Wochen krank und serbend (siech) und liegt in dem alten ledernen Lehnstuhl droben in ihrer Austragkammer, jammernd, seufzend und ächzend. Dazu hat sie die kleine Lies bei sich und läßt sich von ihr fleißig berichten, was im Haus und Ort vorgeht.

Dann und wann kommt auch der Buschenreiter Anderl, der Karrner, zum Hof, erhandelt bald dies und bald das, weiß viel zu erzählen vom Krieg, von den Soldaten drin in der Stadt, von den Verwundeten und Gefallenen des Gaues und hat auch daneben allerhand gute Ratschläge für die alte Kollermutter und ihr Gebresten, welches er als den stillstehenden Gichtfluß erkennt, von dem aber die Hanni sagt: »Ah was! D' Gall is ihr halt in d' Boaner kemma, weil s' mi net ausn Haus bringa kann!« – Der Buschenreiter Anderl trägt übrigens noch dienstbeflissen die Päcklein für den Hausersimmerl auf die Post in Schönau; jene Päcklein, von denen die Hanni nichts weiß und die dennoch nach den Worten der Ödenhuberleni »die Rumplhanni bitten läßt, sie auf die Post zu bringen für den Simmerl«. Hie und da kommt auch ein Brief vom Simmerl; an die Hauserischen, an die Hanni und an die Leni, die er ganz zufällig einmal als die Absenderin seiner Liebesgabe entdeckte. Sein Kamerad, der Ödenhuberjackl, hatte eines Tages von der Leni ein Päcklein mit Kuchen erhalten, in den ein Zettel eingebacken war mit dem Verslein:

»A Büscherl zum Abschied und an kurzen Pfüagood;
Ob wohl meine Rosen scho welk san und tot?
Obst wohl no ans Dirndl beim Bachofa denkst?
Und obst eahm wohl oamal an Grüaßdigood schenkst?«

Mit der nämlichen Post war auch für den Simmerl ein Päcklein angekommen; es lag gleichfalls ein Kuchen drin und dabei eine Karte: »Lieber Bruder, nimm einen Gruß von deiner Schwester Leni.« Da hatte der Simmerl den Jackl angelacht, und der Jackl den Simmerl, und in der nämlichen Stund legte sich eine hundertjährige Feindschaft nieder zum Sterben. –

Nun ists um die Zeit, da der Sturm die Wolken peitscht, die Bäume schüttelt und Mensch und Vieh erschauern

läßt im ersten Frost. Auf dem Gottesacker hängen die Fetzen der Allerheiligenkränze, und in den Kachelöfen der Bauernstuben kracht und knistert das Feuer. An den Fensterläden klappert der Klaubauf, dem heiligen Nikolaus sein wilder Ziehbruder, und in den Spinnstuben erzählt man sich jene alten Geschichten, bei denen es schon unsern Vorfahren, da sie noch jung waren, eiskalt über den Rücken lief und das Gruseln sie beutelte. So kommt die Weihnacht und mit ihr die Sorge um die, welche da draußen in ihren Schützengräben wachen und frieren. Und die Hauserin stellt den Backtrog in die Kuchel, die Hanni schneidet die Kletzen, gedörrte Birnen und Äpfel, klein, die Lies schlägt Nüsse auf, und der Hauser heizt den Backofen gut aus, damit dem Simmerl auch draußen im Krieg das süße Brot der Weihnacht nicht mangle. So geht das Jahr hinüber, und das neue nimmt das Regiment in die Hand, bringt allerhand Leid und Trübsal und trägt in den Hauserhof die Totentruh für die alte Kollerin. Die ist mittendrin ganz still hinübergegangen in die ander Welt; beklagt von der kleinen Lies, betrauert von der Hauserin, gesegnet und in alle Himmel gewunschen von der Hanni, die ein übers andere Mal murmelt: »Der Herr gib ihr die ewig Ruah! Weil nur grad der alte Predigtstuhl nimmer da is! Die wär imstand gwen und hätt mi no um alles bracht: um mein Platz, um mei Hoffnung und um an Simmerl! Der Herr gib ihr an guaten Platz in der Ewigkeit!«
Nun liegt sie aufgebahrt in der Wohnstube, die Alte; umgeben von blühenden Stöcken, umspielt von dem flakkerndenden Schein der Kerzen. Ernste Männer trinken den Totenschnaps, jammernde Basen knien in der Stube, schnaufen hart in dem süßlichen Geruch, der die qualmende Luft erfüllt, und beten für die arme Seel der Heimgegangenen. Dann trägt man sie aus dem Haus, hinunter zur ewigen Ruhstatt im Freithof zu Schönau. –

Der Hauser hat seinem Simmerl den Tod der Großmutter gemeldet und ihn ums Kommen gebeten; allein das Regiment ist nicht mehr in der alten Stellung, und also dem Sohn die Heimreise nicht möglich. Doch kommt nach geraumer Zeit ein Schreiben von ihm an den Vater, darin er den Heimgang der Großmutter betrauert und gleichzeitig bittet: Nachdem also jetzt unser Ähnl nicht mehr lebt, mußt du jetzt bald mit der Mutter reden wegen der Hanni. Richtet alles gut zu für das Kind, gebts der Hanni ein Geld in die Händ und bringts sie gut unter, vielleicht bei ihrer alten Wabn. Laßts ihr nichts fehlen und es grüßt euch euer treuer Sohn Simon Hauser.
Der Hauser kratzt sich hinterm Ohr. ›Herrschaftseiten! Jetz gang alles so schee und ruhi dahin, und jetz soll i der Rosina die zwiderne Gschicht ausdeutschen! Naa, i tuas net! Dees konn i mit der Hanni alloa aa richten.‹ So denkt er und sucht nach einer Gelegenheit, mit der Dirn über die Geschicht reden zu können.
Diese Stunde schickt sich auch eine Woche vor Lichtmeß, da die Hauserin aufs Amtsgericht fährt wegen eines Prozesses mit der Ödenhuberin und also der Hauser mit der Hanni allein ist. Grad sitzt er beim Tisch und wartet aufs Essen. Die Lies ist in der Schule, von der sie vor dem späten Nachmittag nicht heimkommt. Da tritt die Hanni ein, die Schmarrenschüssel in der einen Hand, den Apfeltauch in der andern, das Gesicht vom Kochen heiß und gerötet, die Ärmel des Wollspenzers weit über die runden Ellbogen aufgestülpt. »Wartst scho auf d' Mahlzeit, gell!« sagt sie, indem sie ihm die Schüssel hinreicht. »Aber, woaßt, es braucht halt do hübsch beißen, daß ma firti werd mit der ganzen Arbat, alloanig.« Der Alt betrachtet sie wohlgefällig. »Ah was! Du werst ja alleweil firti! Du hast es halt los!« Die Hanni lacht geschmeichelt. »Mei, is net so gfahrli!« sagt sie. »Aber an Bauernhof wia den dein trau i mir

scho z' regiern! Da wer i scho firti! Da fürcht i mi net, bal i amal Hauserin bin!« Er zuckt doch zusammen, der Alt, bei diesem Wort. Aber ihre Augen blicken ihn fest an, ihr ganzes Gesicht lacht und läßt eine Fröhlichkeit von sich ausgehen, die ihm auf ja und nein den Ernst nimmt. »Ja ja. Der kann lacha, der Simmerl!« sagt er und erfaßt ihren Arm; »der kriagt amal die Recht an dir! Sakra, waar mir gar net zwider, wenn i mei Bua waar!« Die Hanni rückt mit ihrem Stuhl ganz nahe an seine Knie. »Du scho! – Du bist scho so a Schlankl!« – Der Hauser tut verwegen. »Mei, grad a Heiliger bin i gar nia gwen!« meint er. »Da is do nix dabei, wenn ma a saubere Dirndl guat leidn konn!« – »Is mir scho recht«, erwidert die Dirn; »nachher kriag i koa schlechte Zeit bei dir. Dees is was wert, wenn der Schwieger guat is!« Sie ißt mit gutem Appetit, indes der Hauser sie begehrlich betrachtet. »Geh, iß! Sinst werd dir der Magn kalt!« mahnt sie ihn. Er läßt seine Augen über ihre ganze Gestalt hingehen; über die dunklen Haarzöpfe, über das Gesicht, den Nacken, die Brust, den Rücken ... »Daß d' du net breater bist da umma?« fragt er plötzlich und mißt mit dem Blick ihre Hüften. Und tappt mit der Linken darüber. Da schlägt sie ihn auf die Hand. »Obst dei Pratzn wegtuast!« sagt sie lachend. »Mit die Händ schaugt ma nixn o, hoaßts!« Der Hauser wird nüchtern und kommt ins Betrachten, wie er gewohnt ist, sein Vieh zu betrachten. »Wia viel Zeit hast jetz?« Die Hanni steht gekränkt auf. »Bist firti mitn Essen?« fragt sie. »Nachher geh i.« Der Hauser wendet keinen Blick von ihr. Und er fragt wieder: »Is net bald d' Zeit bei dir? I frag grad, weil der Simmerl gschriebn hat, i soll di guat versorgn ...« Die Dirn ist wie mit Blut übergossen. »Naa, dei Gfrag is mir scho so zwider ...« – »Jetz muaß amal drüber gredt werdn!« – »Dees waar aa ohne viel Grederts gangen!« Sie will hinaus. Der Bauer lehnt an

der Stubentür. »Jetz redst, sag i! – Wia lang hast no?«– »A vier – fünf Wocha. Aber jetz laß mi außi!« – »Daß d' gar so gschaami bist?« – »Du sollst von der Tür weggeh!« Der Hauser hört nicht. Er schaut die Dirn um und um an, schaut, mißt, denkt und rechnet. Und schüttelt mittendrin den Kopf. Indes die Hanni immer erregter wird, schimpft, schreit, droht, mit den Füßen stampft und seltsam absticht von dem starr dastehenden Alten. – »Daß d' di denn gar a so gstellst?« meint dieser. »Du bist do sunst net so gschaami gwen? Da hast di do nix z' fürchten, wenn i di oschaug! I wundert mi ja nur ...« – »Vo mir aus!« schreit sie ihn an. »I laß mir do net d' Seel vom Leib außerschaugn!«
Da geht er langsam weg von der Tür. Sie läuft hinaus. Er blickt ihr nach. Und schüttelt den Kopf. Etwas steigt in ihm auf ... ein Verdacht ...

Die Hauserin kommt am Nachmittag heim und berichtet freudig, daß die Ödenhuberin den Prozeß verloren hat. Sie ist überaus gut aufgelegt und lobt die Hanni für ihr gutes Haushüten. Diese meint bescheiden: »Hats scho tan, Hauserin!« und fügt dann bei: »A Bitt hätt i. Ob i net heunt no zu meiner Eahl ummeschaugn derf. Sie is net guat beinand.« – »Da brauchst do net fragn!« sagt die Bäuerin, »dees is do gwiß, daß d' zu deiner Großmuater geh konnst, bal ihr epps feit.«
Also läuft die Hanni gleich nach der Stallarbeit hinüber zur alten Rumplwabn. Die sitzt hinterm Ofen und strickt.
Und der alt Hufschmied hockt neben ihr und redet vom Krieg und von seinen beiden Buben, die er bereits gefressen hat, dieser blutige Maahder, der nimmer Derweil hat, die Sense zu wetzen, vor lauter Mähen und Morden. Da die Hanni kommt, steht er auf. »Jetz kimmt d' Jugend«, meint er müd; »jetz verziag i mi. I paß net zu

dee junga Leut mit mein Gewinsel. Und winseln muaß i ...« Er geht ohne Gruß. Die Alte nickt ihm nach. Dann wendet sie sich an die Hanni. »Daß d' du heunt kimmst? Bist scho wieder ausgjagt wordn?« – »Naa«, sagt die Hanni. »Bist selber davon?« – »Naa.« – »Was möchst nachher, heunt am helllichten Werktag?« Die Hanni hockt sich auf einen niederen Schemel. »Eahl, i brauch a Kind! I muaß a Kind habn! Glei, auf der Stell!« Der Alten fällt das Strickzeug aus der Hand. »Was muaßt? ...« – »A Kind muaß i habn. Du muaßt mir oans verschaffa! Bringst es her, wo derwillt, her muaß oans!« Das Ähnl muß sich mit beiden Händen an der Ofenbank festhalten. »Ja ... in Gottes Himmis Christi Willn ... Hanni! Bist denn narrisch! A Kind! A kloans Kind?« – »Ja, a kloans Kind. Oans, dees wo grad auf d' Welt kemma is.« – »Ja, zu was denn? Ums Christi, zu was denn?« Die Hanni wird zornig.

»Also, gstell di do net so dumm! Verstehst mi denn net? Der ganz Hauserhof steht aufn Gspiel für mi!« Die Alte steht zitternd auf. »Naa, i versteh di net ...« Die Dirn springt in die Höh und rennt die Stube auf und ab. »Geh, wia konn ma denn. Dees is doch ganz einfach! I muaß Hauserin werdn! Gehts, wies mag. Und dazu brauch i a Kind. Vom Simmerl. Verstehst es jetz?« Die Rumplwabn bleibt starr stehen. »Ja, hast di denn du mitn Simmerl ...?« Die Hanni fährt ihr dazwischen: »Dees is do mei Sach! Dees geht do neamd was o! Um dees handelt ja si jetz aa net. I und der Simmerl sand oans. I und der Hauser sand aa oans. Und für dees weitere muaß i a Kind habn.« Sie beginnt, dem Ähnl zu schmeicheln. »Geh, Eahl, sei do net so gspaßi! Du bist do so gscheit und woaßt allerhand Zauberei und hast so viel solchene Büacher, wo dees alles drin steht, geh, hilf mir halt! Oder schaug anorts, daß d' oane findst, die grad in d' Wochen kimmt! Gaab oft oane ihra Schand gern her, wenn do nixn zahlt wird dafür, und i brauch 'hn so nötig, so an Schrazn. Geh, Eahl! Sei do barmherzi! Möchst mi denn net aa gern als Bäuerin sehng? Hättst du koa Freid, wenns mir guat gang?« Sie bettelt, bittet, bestürmt die Alte.

Aber die hockt wieder auf der Bank, starrt ihre Enkelin an wie ein Gespenst und murmelt: »Also ... so schlecht bist du. So gottverlassen. An Schwindel hast gmacht ... um an Bauernhof ... und an Schwindel ... um an Menschen ... der da draußen ehrli sein Kopf hinhalt vor d' Kugeln!« Der Hanni wird ungut zumut. »Es hilft di nix, Eahl!« sagt sie hart; »du muaßt mir helfa!« Die Alte schüttelt den Kopf und wehrt mit beiden Händen ab. – »Du richst mi z'grund, Eahl!« – »Und i misch mi net ei in so epps!« – »Eahl! Staudnschneiderin hätt i werdn kinna! Reiserin, Burgamoasterin hätt i werdn kinna! Der Reiserfranzl is ganz narrisch gwen in mi! Der Staudnschneidergirgl hätt mi vom Fleck weg genomma! Net hab i mögn! In Hauserhof bin i eingwohnt, der Simmerl is a guater Lapp, der Alt hat an Affen gfressen an mir, sie is froh, wenn s' nix arbatn muaß – und die Alt is tot. D' Liesl ghalt i zu der Arbat. Oder zum Kindsen. – Also, Eahl! Gell, du hilfst mir!« Die alte Wabn sitzt so seltsam starr am Ofen, ihre Augen suchen in weiter Ferne etwas, ihre Hände haben sich ineinander verschlungen. Und mittendrin kommt's tonlos von ihren Lippen: »Hundert Jahr is's her. Da hat mei Muatta dees nämliche gmoant. Und hat aa denkt, es brauchet net mehra, als wia sagn: Haferl! Nachher waar d' Wurst aa scho drinn. Insa Muatta is Kindsdirn gwen beim Stoamüller von Kreiz. Dees warn zwee Bauernhöf, a Mahlmühl, a Schneidsäg und a Sandmühl. Er hat 's zwoate Wei ghabt und Zwilling von ihr. Von der ersten Mühlnerin hat er grad oan Buam ghabt; der hat scho an Mühlburschen gmacht. Auf den is dees halbert Sach scho von der Muatta aus gschriebn gwen. Ja, da hat insa Muatta aa gmoant: Mühlnerin sein is besser wie kindsen und hat den Burschen richtig ogankerlt und eingfadelt. – Derweil is der groß Napoleon mit seine Soldaten daherkemma, d' Österreicher ham von der andern Seiten eahna Armee daherbracht, und in unserm Landl hats gräusli ausgschaut. Da hat sie mei Muatta denkt: ›jetz is 's an der Zeit, daß d' Mühlnerin werst.‹ Überall hats schlechte Mentscha gebn, die gmoant habn, a napolischer oder a österreichischer waar besser als wia a boarischer Bursch; und a solchs Weibsbild, sie is Stallmentsch gwen beim Stoamüller, hat meiner Muatta gholfa zu ihran Werk. Der Hochzeiter hat alles glaabt, hat scho eingebn zum Heiratn, hat si schon von der Kanzel her verkünden lassen, da hats gschnakkelt. Dees is a so ganga: er is a Rothaareter gwen und sie a Strohgelbe. Und das Kindl is schwarz wordn, kohlschwarz, wia a Zigeunerbalg. Is ja aa oana gwen. I selber bins. Die ander, mei rechte Muatta, is drei Tag nach mein Kemma gstorbn. Weil sie si nix omirka lassen hat derfa. Und die oa is im Bett glegn, hat si gestellt wia a Wochnerin – und is dennoch die Bschissene gwen. Denn er hat mi net okennt als sein Kind. Und hat s' ausgjagt. Siebn Monat darnach hat s' a rothaarets Büaberl ghabt, aber es is halt scho z' spaat gwen. Der Stoamüllerbua is unter d' Soldaten ganga, und hoam kemma is er nimmer. Jetz woaßt es. – Und drum misch i mi net ein.«

Die Hanni hockt am Tisch. Und sieht vor sich ein großes Loch – eine Grube, in die sie jetzt fallen soll. Und sie stöhnt auf. Aber – nicht lang sitzt sie so. Plötzlich strafft sie sich zur Höh. »Macht aa nix. Gehts a so net, nachher gehts anderscht. Aber geh muaß's. – Nachher brauch i koa Kind. Na werdn mirs scho sehng, wias geht ...« Sie läßt die Wabn sitzen und geht. Ihr Plan ist fertig.

Am Lichtmeßtag in der Früh sagt sie zur Hauserin: »Bäuerin, wenn i di bitten durft: Stell dir a anderne ei. I bin net guat beinand. I muaß mi a Zeitl legn. Vielleicht konn i bald wieder. Nachher bleib i gern wieder da bei enk. Aber jetz muaßt mi geh lassen.« Die Hauserin will nichts davon wissen. »Geh! Schaugst aus, wia's Lebn! Wia werst denn du krank sei! Bei mir hättst di ja aa haltn kinna!« Aber die Hanni deutet an, daß sie was angestellt hätt und daß sie fürchte, es möchte an der Zeit sein. Da muß sie freilich nachgeben, die Hauserin. Aber sie ist gar nicht erzürnt über die Hanni; es mangelt die Kollerin zum Schüren. »Ja, mei Herrgott!« sagt sie. »A so a Unglück! Is 's do a Richtiger?« – »Ja. A Bauerssohn.« Sie sagts dreist, die Dirn. Die Hauserin wär gern neugierig. Aber die Hanni läßt nichts verlauten. Und so wundert sich die Bäuerin bloß, daß sie es so geheimhalten konnte, die Hanni. Und freut sich drüber; denn dann kommt es doch nicht so unter die Leut.

»Aber darnach kimmst wieder!« sagt sie zur Dirn beim Abschied. »Der Bauer werd schaugn! Der is in aller Fruah scho auf Tuntenhausen zum Markt. Ja no. Werdn mir scho firti werdn, derweil, bis d' wieder kimmst. I wünsch dir Glück!« Das ist ein anderer Ton gegen früher!

Die Hanni geht schmunzelnd dem Häusl ihrer Wabn zu. Dort legt sie ihren Sonntagsstaat an, sagt ihrer Großmutter, daß sie einen freien Tag hätt, und geht summend fort, nach Tuntenhausen. Dort kauft sie einen Bogen Schreibpapier und geht auf die Post, wo sie lange herumdrückt, die Feder immer wieder eintaucht und endlich anfängt zu schreiben:

*Ich, Lorenz Hauser von Öd bestättige hiermit, daß mein Sohn Simon Hauser und die lödige Johanna Rumpl von Öd als ein effentliches, hochzeitlich versprochenes Prautbaar von mir angekent sind und daß ich bei Heimkommen meines Sohnes sogleich in die Hohzeit wihligen und den Hauserhof dem jungen Ehepaar überge-*

*ben wihl mit alles was dazu gehört an lebendigem und toten Infenthar. Öd, am Liechmeßtag 1915...*
Langsam vollendet und überliest sie das Schriftstück. Vorsichtig steckt sie es in die Tasche des Unterrockes. Danach mischt sie sich fröhlich und zufrieden unter die Besucher des Jahrmarkts, besieht sich dies und jenes und geht zu guter Letzt am Abend hinein zum alten Postwirt, wo schon männiglich beieinanderhockt, ißt und trinkt und politisiert. Sie setzt sich ins Nebenzimmer; doch sucht sie den Platz so aus, daß sie die Tür der Gaststube im Auge hat und keinen übersieht, der durch sie aus- oder eingeht. Da bleibt sie, läßt sich eine Suppe geben, ein Stück Braten, trinkt auch ein Krüglein Bier dazu und hat mittendrin einen ersehen, auf den sie schon lang wartet – den Hauser. Er ist schon gutding voll, wie es bei einem Bauern am Abend des Markttags halt so Brauch ist. »Alsdann, guate Nacht beinand!« hört sie ihn sagen. »Guate Nacht, Hauser! Guat Nacht!« tönt's zurück, hell oder brummend, wie es die Freundschaft grad erleidet. Die Hanni steht eilends auf und geht in die Kuchel, wo sie der Kellnerin ihre Schuldigkeit bezahlt. Dann läuft sie durch die Hintertür hinaus auf die Gasse und dahin, dem Hauser nach.
Der stapft tiefsinnig durch den Schnee. Ein beißender Sturm fegt über die Felder, jagt große Flocken in wildem Wirbel durcheinander und pfeift hohl herüber vom Wald. Die Hanni zieht erschauernd den Rock über den Kopf, versteckt den feinen schwarzen Seidenfilz mit den goldenen Borten und Quasten unter der Schürze und trabt hastig aus dem Ort. Immer dichter fallen die Flokken, immer undurchdringlicher wird das Gestöber. Die Hanni hört den Hauser brummen und murmeln. Sie blickt um sich; aber weit und breit ist nichts zu erkennen als dies graue Tanzen und Wirbeln; kein Horcher ist zu fürchten. Da eilt sie entschlossen dem Bauern nach, tritt

neben ihn und hält mit ihm Schritt: »Grüaß di Good, Hauser!« Der Alt fährt schier erschrocken herum. »Du!? Hab glei gmoant, dei Gspenst waars! Grad hab i an di denkt.« – »Und bal ma an Esel denkt, kimmt er grennt, hoaßts, gell?« – »Ja, bal man 'hn nennt, hoaßts. Daß du da bist?« – »Weil i heunt ausgstanden bin.« – »Was!? Ausgstanden?!« – »Ja, auf a Wocha a zwee.« – »Zwegn was denn?« – »No ... mei.... weil i net recht guat beinand bin.« – »Net guat beinand bist?« Der Hauser schaut sie trotz der Dunkelheit forschend an. Sie hält ihr Gesicht ganz nahe an das seine. »Gell, schlecht schaug i aus!« lacht sie lustig. »I siechs net«, meint er ehrlich. Aber die Dirn faßt seine Hand. »Muaßt halt greifa, balst net siechst!« sagt sie lachend und führt seine Hand an ihre eiskalte Wange. »Gell, i bin scho ganz kalt!« scherzt sie; »i brauchet 's Aufwarma!« Der Hauser tappt tastend über ihr Gesicht. »Konn scho sei!« meint er; »a bißl a Bettwarmer kunnt net schadn.« Sie stapfen durchs Holz. »I bin froh, daß d' bei mir bist«, sagt die Hanni; »im Holz fürcht i mi scho recht bei der Nacht!« Sie läßt seine Hand nicht mehr los. »Woaßt, mir hört do oft, daß oana a Madl opackt hat oder umbracht!« Ganz dicht schmiegt sie sich an den Alten. »Ah, bal i dabei bin, nachher brauchst di do net z' fürchtn, Dirndl!« erwidert er. – »Tatst mir du nix toa lassen?« – »Gwiß net!« – »Obst mir aber du selber nix tuast?« Sie drückt seine Hand und zieht seinen Arm um ihre Hüfte. Da lacht der Alte kurz und heiser. Herrgott, das Weibsbild hat eine Art und Weis, den Wildling im bravsten Menschen aufzuwecken ... Er drückt sie einen Augenblick heftig an sich. »Ob dir i nixn tua, moanst? ... No ... balst es grad selm gern habn tatst ... kunnts scho sei ...« – »Bist du so gfahrli?« Sie leidet es willig, daß seine Hand der aufsteigenden Hitze gehorcht; eng schmiegt sie sich an ihn an, lacht, scherzt, schwatzt und peitscht seine Begierde auf dem ganzen Weg, bis sie endlich vor dem Häusl der alten Rumplwabn stehen. »Is schad, daß der Weg scho gar is«, flüstert die Hanni; »heunt waar i no gern mit dir weiterganga!« – »Brauchst mi ja no net weiterz'jagn!« meint der Hauser. »Aber z' gfahrli is 's da am Weg ...« – »Nachher gehn ma halt hinei!« – »Moanst, daß 's Eahl schlaft? ...« – »Die hört mi net! I ziag d' Schuach ab!« Die Dirn lacht leise. Und sperrt vorsichtig das Haus auf und schleicht hinein. Ihre Kammer ist gleich linker Hand, indes die Alte ober der Stiege schläft. »Schleich di nur eina!« flüstert die ihm zu und schlingt den Arm um ihn; »'s Bett is scho aufbett' und 's Stuberl schee kehrt – drum leg di nur eina; es wird dir net gwehrt!« Ganz leise summt sie 's ihm ins Ohr. Da packt er sie wild um die Mitte, hebt sie in die Höhe und trägt sie in die Kammer. »Mach d' Haustür staad zua!« flüstert sie. Er riegelt lautlos ab. Sie legt das Schriftstück und einen Tintenstift auf das Tischlein.

Fiebernd schleicht der Bauer in die Kammer zurück und riegelt ab. »Soll i d' Latern ozünden?« fragt die Hanni, indem sie hemdärmelig vor ihn hinsteht. Er tappt nach ihren entblößten Armen. »Zünd 's halt o, oder aa net .... wiast halt moanst ... Madl ...« Die Hanni macht sich mühsam frei und zündet eine kleine Weglaterne an. »Jetz siech i di guat! Jetz gfallst mir ... Dirndl ...« Er zieht die Dirn auf den Truhensitz nieder. »Konnst mir a weng schee toa?« – »Tua i dir net a so schee? Tua i net a so alles für di?« – »Braucht di aa net z' reun!« flüstert der Tropf; »was i dir Guats toa konn ... dees tua i dir ...« – »No ... ganz glaab i dirs no net! – Woaßt, dees ander Mal hast mirs aa versprocha ...« Der Alt hört kaum, was sie sagt. »Da hast aa gsagt, daß d' mit mir zum Notar gehst. Und daß d' es schriftli machst zwegn mir und an Buam! Aber, gell, du Schlankl, gangen bist nia!« – »I hab ja nia Derweil ghabt!« entschuldigt sich der Bauer und versucht, immer zärtlicher zu werden. »Dees woaß i scho«, sagt die Dirn. »So viel verlang i aa gar net. – I bin scho z'friedn, balst mirs unterschreibst, daß d' fürs Kloane sorgst, wenn i grad Unglück hätt im Wochabett. Gell, Lenz! Geil, dees unterschreibst mir?« – »Freili! – Glei morgn! – Aber jetz geh ... mach ...« Die Hanni zieht ihn zum Bett. »Lenzl balst mirs jetz glei unterschreibst ... nachher ghör i dein ... als a ganzer ...« – »Geh, Herrgott ... lag mir do mein Ruah heunt ... morgn schreib i dir ... was d' magst ...« – »Naa, ... Lenzl, heunt muaßt! Schau ... brauchst ja grad dein Nam hisetzen!« Sie langt ihm den Schrieb her und liest ihm vor. – »Also, mirk auf: »I, der Hauserbauer von Öd verpflichte mich, daß ich für das Kind vom Simmerl und von der Hanni sorgen will, auch für den Fall, daß die Hanni unterm Kindbett stirbt.« Also. Du schreibst jetz dein Nam drunter; siechst, grad da ...« Sie weist ihm mit dem Zeigefinger die Stelle und gibt ihm den Stift in die Hand. Der Hauser flucht, schimpft, ärgert sich über das närrisch Weibsbild, das ihm die schönste Stund verdirbt mit seinem dummen Getue – und setzt doch an zum Schreiben: Lorenz Hau ... Himmelherrgott ... Da steht ja – ganz was anderes! Das heißt ja: übergeben! Sich verkaufen! Sich verhandeln um eine Lumperstund! Als ein rechter mißtrauischer Bauer, der seinen Namen unter nichts setzt, was er nicht kennt, hat er mitten unterm Buchstabieren angefangen zu lesen, grad so drunter hinein in das Geschreibsel, und hat den Satz gefunden: »... und den Hauserhof dem jungen Ehepaar übergeben will mit allem was dazugehört ...« In einem Augenblick ist er nüchtern. So stark nüchtern, daß er plötzlich weiß, wer er ist, er, der Hauser von Öd. »Hast gmoant, du konnst mi fanga! Hast dir denkt: ›Der Depp unterschreibt scho!‹ Gell! Aber, oha. An Hauser fangt ma net wia d' Singvögel und d' Goldfisch! Der is

net so dumm, wia er herschaugt! Daß i fürs Kind sorg! Für was für oans denn?! Hast dir denkt: ›Is der Jung so dumm und kriacht auf den Leim, nachher geht dir der Alt erscht recht drauf!‹ Derweil bist du die Pitschierte mitsamt deiner Gscheitheit – und Schlechtigkeit, du Schlamperl du! Schaam di!« Er nimmt das Schriftstück und steckt's ein, trotz ihrer verzweifelten Anstrengung, es ihm zu entreißen. »Naa, den Fetzen kriagst mir du nimmer in d' Händ!« sagt er; »der werd aufgspart für mein Buam, zu der Erinnerung an dei Lumperei, du ganz schlechts Weibsbild, du schlechts! So, und da is dei Jahrgeld ...« Er zieht den Geldbeutel und entnimmt ihm zwei Hunderter. »Daß d' net sagn konnst, der Hauser is a hungriger Tropf; aber sehng will i di in mein Haus nimmer, verstanden!« Er schiebt den Zugbeutel wieder ein.
Jetzt ist's doch gut, daß er keinen Stier erriet zum Kauf; kann er wenigstens das Weibsbild gleich hinauszahlen und still machen! »Dei Sach laßt dir holn, selber kemma tuast mir net! Sinst kunnt sei ... daß ...« Er vollendet nicht.
Die Dirn steht vor ihm, hemdärmelig, in dem hochroten Wollunterrock, die Zöpfe lang herabhängend, weiß wie der Kalk bis in die Lippen, die sie fest aufeinanderpreßt. Ihre Augen sehen ihn an mit einem seltsamen Gemisch von Wut, Haß, Verzweiflung und trotzigem Stolz. Sie sagt kein Wort mehr.
Über den Hauser aber kommt jetzt der ganze Bauernstolz; seine Verachtung für »das Mensch« steigt mit jedem Augenblick, und schließlich gibt er diesem Gefühl Ausdruck, indem er noch einmal vor die Dirn hintritt, sie von oben bis unten betrachtet, wie der Schinder eine nichtsnutzige Kuh, vor ihr ausspuckt und mit den Worten: »Pfui Teife vor dir!« aufriegelt und geht. Hart schlägt hinter ihm die Haustür ins Schloß.

Die Hanni fährt zusammen und löscht eilends das Licht ab. – Droben erwacht die alte Wabn von dem Lärm, kriecht aus dem Bett und ruft hinunter: »Hanni, hast nix ghört? D' Haustür hat gscheppert!«
»Des is der Wind«, sagt die Hanni kurz, riegelt das Haus ab und legt sich zur Ruh, die sie aber nicht finden kann. Verspielt. Alles verspielt! Hundertmal fährt ihr dies Wort durch den Kopf, immer wieder, immer wieder. Herrgott, der verfluchte Ehrgeiz! Wie hatte sie getüpfelt, bedacht, überlegt, gehandelt! Immer wieder wollte das Schicksal trumpfen, sie hatte gestochen; und nun, da alles auf der letzten Karte stand, da Herz Trumpf war, da kam sie mit Schellen. Mit Habgier und Hitze. Ohne Überlegung stieß sie den Krug um, ehe sie trank ... »O i Rindviech!« Ein trockenes Weinen kommt über die Dirn. Wie schön war alles gegangen bisher! Wie sie den Simmerl damals eingefädelt hatte, daß er in sie verschossen war wie ein junger Geißbock! Wie sie das gut herausgebracht hatte, daß er sie angesetzt und unglücklich gemacht hätt und sie heiraten müßt! Und den Alten schon einmal so weit haben, ohne ihn zu fassen! – Und heut wieder! »O i Rindviech!« Noch oft sagt sie so; aber nach und nach wird der Grimm und die Verzweiflung doch milder; ihr Geist ermüdet, und das Weiterbohren und Sinnieren fällt ihr schwer und schwerer. Und endlich fallen ihr die Augen zu, und sie schläft einen schweren, bleiernen Schlaf.

Es ist ums Morgenläuten. Der Ödenhuber fährt mit seinem Braunen ins Gäu, ein Kalb zu kaufen. Vor dem Häusl der alten Rumplwabn knallt er ein paarmal fest mit der Geißel, zieht den Zügel wühst und läßt den Gaul frisch dahintraben, die Straße nach Berganger zu.
Die Rumplhanni schreckt aus dem Schlaf auf. »Jess', wo bin i denn ... was is's denn ... hab i jetz net traamt ...

daß ... alles aus is? ...« Sie setzt sich mit einem Ruck auf. »Was is denn jetz dees? ... Is denn net der Hauser ...« Ihr Blick fällt auf den Stift am Tisch, auf ihr Kirchengewand. »Marixn! Naa, es is koa Traam gwen! Es is wirkli und wahrhafti a so, daß i verspielt hab!« Mit einem Satz ist sie aus dem Bett. Hastig legt sie sich an, geht sie hinüber in die Kuchel.
»Eahl!« Das Ähnl kommt eben aus dem Geißenstall, den vollen Milchhafen in der Hand. »Daß d' scho aufstehst, wennst krank bist?« fragt sie. »Weil i zum Dokter muaß«, erwidert die Hanni. »Daß d' überhaupts zu mir kemma bist und net ins Krankenhaus gehst?« – »Weil i denk, daß 's bald wieder geht, wenn i in an andern Platz kimm.« – »Ja, bist denn weg vom Hauser!?« – »Da möcht i scho fragn! Hast es ja net anderscht habn wolln! Hättst mirs ja net vergunnt, daß 's mir aa amal a bissl besser gangen wär!« – »Koan krummen Weg geh i net«, sagt die Alte fest. »Balst aufn graden net Hauserin werst, die Winkelweg führn do danebn, oder gar eini ins Loch ...« Die Hanni erwidert gar nichts. Sie hockt sich neben den Herd, schaut der Großmutter gedankenlos beim Feuermachen zu, starrt in die flackernden Flammen des Reisigs, in den Rauch, der aufwirbelt und wie ein feines, bläuliches Netz an der Weißdecke hängt, und schlingt die Hände um die hochgezogenen Knie. Und langsam kommt Gedanke um Gedanke, zieht das Erlebte an ihr vorbei, formt sich ein Plan für die Zukunft. Das Ähnl kocht den Kaffee, brummend über die nichtsnutzige Dirn, die einem in den alten Tagen noch lauter Verdruß und keine Freud macht, und gießt doch die schönste Schale für das »Blasl« voll, gibt der »gottvergessenen Schuri« die ganze fette Rahmhaut und setzt sich darnach seufzend mit ihrem Kaffee auf das Spülbänklein.
Die Hanni lacht plötzlich leise. »Eahl, du muaßt mir nachher mein Sach beim Hauser holn!« – »Willst wirkli

nimmer weiterarbatn dort?« – »I konn do net!« – »Wann i bitten tät für di? ...« – »Untersteh di! Liaber auf der Stell tot sein, als nomal in dees Haus geh!« – »Wo willst nachher aus?« – »Dees werd si scho finden.« Auf ein weiteres Fragen gibt sie der Alten keine Antwort mehr, trinkt hastig ihre Schale leer und geht fort, hinüber zum Ödenhuber.

Und lacht wieder leise. »Is's der net, nachher is's vielleicht der ander«, sagt sie zu sich selber; »und wer i net Hauserin, so wer i vielleicht Ödnhuaberin.« Sie tritt frisch in die Gaststube. Die Resl stellt eben die Salzgefäße auf die Tische. »Guat Morgn!« will sie sagen; da erkennt sie die Rumplhanni. Und denkt an ihren Pauli und an jenen Abend des Abschieds, wo ihn dieses Weibsbild so stocknärrisch gemacht hatte, daß er frei allen Verstand verlor. »Was möchst denn du da?« fragt sie daher die Eintretende unwirsch. »Di net!« erwidert ihr die Hanni und freut sich im stillen aufs neue darüber, daß sie damals die beiden so schön zum Narren haben konnte.

Sie geht hinaus in die Kuchel. Da steht die Leni am Herd und rührt ein Einbrenn zum Voressen. Sie fährt erschreckt zusammen, als sie die Hanni sieht. Eine heiße Röte steigt ihr ins Gesicht, eine plötzliche Angst läßt ihr das Blut im Hals schlägeln. Mariand ... sie werd do net ... was wissen! fährt's ihr durchs Hirn. Und mit unsicherer Stimm fragt sie: »Rumplhanni, was möchst denn?« Die Dirn tut freundlich: »Dei Muatta möcht i; grüaß di Good, Leni! Bist scho fleißi?« Gottlob! ... »Tuats scho, Hanni! Grad, was sei muaß. D' Muatta werd glei kemma. Magst di net niederhocka derweil?«

Sie schiebt ihr einen Hocker hin.

Die Hanni setzt sich: »I bin so frei, bals verlaubt is, Leni. Was is's mitn Kriag? Habts vom Jackl scho Nachricht? Geht's eahm guat?« – »Ja Geht eahm alleweil no guat ...«, sagt die Leni.

Da kommt die Ödenhuberin. Die Hanni steht sogleich auf. »Grüaß di Good, Wirtin.« Die Ödenhuberin blinzelt erstaunt: »Was will denn die da?« Sie schaut mit einem Gemisch von Hochmut und Mißtrauen an der Hanni hinunter. »Ganga bin i drenten«, sagt diese. – »Na – und?« Eiskalt ist der Ton dieser Frage. – »Und jetz möcht i zu dir. Grad mit Fleiß. Grad, daß i s' tratzen konn, dee da drent.« Die Leni fährt herum. Die Ödenhuberin verzieht die Mundwinkel ein wenig. Ihre Ohrgehänge zittern leise. »So, zu mir möchst. Aha!« Wie das durchgeht! Wie eine Messerspitz durchs Fleisch! Der Hanni ist nicht wohl zumut dabei. Aber sie lacht doch ihr helles, freundliches Lachen und sagt: »Ja, grad extra. Daß er si recht gift', der Hauser.« Die Wirtin wischt mit der flachen Hand etliche Brosamen von der Anricht. »Und du moanst, daß i di glei mag?« – »Ja no ... Z'friedn waarst mit mir.« – »Dees kaam drauf o. Aber i probiers gar net mit dir.« Der Hanni fährt die Röte ins Gesicht. »Weil i di gar net möcht«, sagt die Wirtin; »weil i di kenn. Und weil i a bessers Gedenka hab, als wia zum Beispiel du.« – »I? I versteh di net ...« – »Werst mi glei versteh, wenn i dir draufhilf. Oder bsinnst di leicht selm no auf den Tag, wo mei Jackl furt is ... und grennt, als wia wenn der leibhafti Teife hinter eahm gwen waar! ... Aha. Fallt dir scho ei, gell. Und sell am Gartl draußt, gell, dees fallt dir aa no ei. Und überhaupts und a so. Und es is mir liaber, du gehst. Glei. Da is d' Tür.« Auweh. Das ist schier eine Roßschwemm. Mit der Hoffnung ist's auch vorbei.

Die Hanni rennt wie begossen aus dem Haus, dahin. Läuft auf ein Haar dem Staudenschneidergirgl unter die Rosse, als er grad mit dem Fuhrwerk ums Eck biegt. »He, he, Jungfer Gschnappi! Mach mir meine Gaul net scheuch!« spöttelt der Girgl; »bist jetz du grad vom Hauser außagflogn oder vom Wirt?« Der Hanni liegt eine grobe Antwort schon auf der Zunge; da fährt ihr was durch den Sinn. Darum erwidert sie fröhlich: »Naa, direkt vom Himme aba. Und zu dir fliag i eine.« Sie blickt scharf nach seiner Miene. Aber die bleibt unbewegt, als er sagt: »Hab koan Platz für so an Erzengel.« – »Brauchts aa net, daß d' mi als an Erzengel einstellst! I bin scho mit was Gringern aa zfrieden! Zum Beispiel als Mitterdirn ...« Der Girgl horcht auf. »Du möchst mi derblecka ...« – »Aber ganz gwiß net! Ganz im Gegenteil! Abbitten tat i gern eppas ...« Sie schaut ihn heiß an. »Weils mir koan Ruah net laßt, daß i so grob gwen bin gega di ...« – »Da bist aber spaat dro damit.« – »Ja no. Weil ma halt übermüati is.« Ihre Augen blitzen, ihr ganzes Gesicht zeigt ihm ihren lachenden Übermut. »Geh, sei mir wieder guat, Girgl!« sagt sie; »woaßt, wenn i aa a diam narrisch bin, guat leidn konn i di do.« – ›Daß die gar so zuckersüaß tuat!‹ denkt sich der Girgl; und laut sagt er: »I glaab dirs scho, Hanni. Dir glaab i überhaupts alls.« – »Dees derfst aa! Aber – jetzt Gspaß beiseitn: i frag di, obst koa Dirn brauchst. I bin ganga beim Hauser.« – »Ah so! Ja jetz!« Also deswegen die Freundlichkeit! Der junge Staudenschneider ist ein Bauer. Ein richtiger. Und nicht aufs Hirn gefallen. Und mißtrauisch und argwöhnisch, wie sichs gehört. Und die Hanni ist für ihn nicht mehr die Hochzeiterin, die ihn verschmäht hat, sondern eine Dirn – ein Dienstmensch, wie jedes andere auch. Und beim Einstellen von Dienstboten geht's wie beim Viehkauf: Wenn man nicht angeschmiert sein will, schaut man gut und überlegt gut. Und wenn schon zuvor was fehlt, dann sagt man lieber gleich ein Nein; denn beim Vieh gilt nur der gesetzliche Fehler, während die andern den Handel nicht aufheben und doch den Stall verschandeln und den Geldbeutel unnütz leer machen. Will einer sagen, daß es beim Dienstvolk anders ist? Drum frag erst. – Der Girgl fragt: »Daß d' du zu mir möchst? Daß d' du weg bist beim Hauser?« – »Weils mi nimmer gefreut hat bei dem alten Sponzierer.« – »Aha. Und beim Ödnhuaber ham s' di net mögn. Jetz versteh i 's scho. – Hüa! Hüa hott! – Naa, i mag di aa net! A so net und a so net. I möcht di nimmer als Hochzeiterin und aa net als Dirn. I mag di net amal für a Nacht aufs Stroh. Daß d' es woaßt. – Hüa, sag i! Fahrts zua, ös Luader!« – Oho! »Ja, was is denn dees! Strohschüppel, buckelter! Nachher laßt es steh, balst net magst!«

Die Hanni rennt heim zu ihrer alten Wabn. Die ist grad zum Hauser gegangen. Und muß sich dort allerhand sagen lassen von ihr, der Hauserin. Denn so was ist doch himmelschreiend! Hat man das Weibsbild angenommen als ein Betteldirndl von der Straße weg, hat es hergezogen rechtschaffen und mit dem besten Beispiel, und jetzt hat man den Dank. »Kunnt ma s' so guat braucha!« jammert sie; »hätt ma 's so guat gmoant damit! Derweil taat sie nachn Simmerl greifa! Und taat eahm a Kind vürmacha! A so a liaderlichs Weibsbild!« Er hat gut gepfiffen, der Hauser. Aber von seinem Zusammentreffen mit der Hanni hat er wohl geschwiegen! Denn die alte Rumplwabn legt der Hanni um Mittag hundert und achtzig Mark auf den Tisch: »Da, dei Jahrlohn von der Hauserin. Dees von die andern Jahr, sagt s', hast. Und da hast dei Sach. Du hättst aa nimmer dümmer sein könna, als wia d' gwen bist.« – »Es is scho recht, sag i!« erwidert die Hanni grob. Im stillen aber sagt sie selber ein ums andere Mal:

»O i Rindviech!«

Am Nachmittag, da das Ähnl seinen gewohnten Schlaf tut, hockt die Hanni in ihrer Kammer, hat die Tür verriegelt und überzählt ihr Geld. »Fünf Jahr Hausergeld ... hundert Mark von der Muatta ... zwoahundert von dem alten Tropf ...« Zufrieden betrachtet sie die Gold- und

Silberstücke, die Scheine. »Hätts enk gar net schiach ausgnomma bei die Geldsäck von an Ödhof!« murmelt sie; »waarts guat zuaweg'standen zu die Hausertaler, zu die Staudnschneiderfuchsen und zu die Ödnhuaberkrandln. Aber ... was net sein konn, konn net sein. Wo der Pfenning gschlagn is, da gilt er nix. Da is's besser, er wandert aus.« Sie räumt ihren Schatz wieder sorgsam zusammen, wickelt alles in ein Taschentuch, steckt es in einen Strumpf, den sie gut zubindet, und verwahrt so ihr Gut in einem großen, alten Samtzegerer, einem Reisesack, den sie mit etlichen Wäschestücken und einem Werktagsfähnlein vollstopft wie einen Koffer. Ihre übrige Habe sperrt sie in die Truhe, auf die sie einen Zettel klebt mit der Aufschrift: Eigentum der Jungfrau Johanna Rumpl von Öd bei Schönau in Bayern. Gewissenhaft muß alles geschehen; denn wer weiß, wo der Wind einen hinreißt!

»Jetz probier i's amal z' Münka«, sagt sie; »und is 's z' Münka nix, nachha geh i auf Berlin, und wenns da aa nix is, nachher roas' i ganz furt. In's Amerika.« Sie nimmt den Spiegel von der Mauer und den Kamm aus der Zigarrenschachtel, in der auch die Seife, das Haaröl und der Schuhlöffel liegen; dann setzt sie sich ans Fenster und beginnt, sich das Haar modisch zu richten und zu stecken. Darauf zieht sie ihr blaues Festtagsgewand an, steckt die schweren, langen Seidenbänder an den Hut, daß sie ihr hinabhängen bis zu den Fersen, wickelt sich in einen dicken roten Wollschal und macht sich also fertig zur Reise. In der einen Hand den Zegerer, in der andern die Kammschachtel, in die sie noch schnell Gebetbuch und Rosenkranz wirft, so steht sie endlich an der Tür und blickt forschend herum. »Vergessen hab i nix. Mein Geldbeutel hab i, mei Schneuztüachl aa; 's Eahl schlaft, und sinst hab i nix mehr z' toan. – Alsdann. Nachher geh i.« Ganz leise schleicht sie aus dem Haus.

An der Stelle beim Wegkreuz, wo sie selbiges Mal dem Simmerl noch den letzten Pfüagood bot, bleibt sie noch einmal stehen, schaut zurück zu den drei Bauernhöfen, zieht die Lippen verächtlich herab und geht dann rasch und entschlossen ihren Weg dahin, der Bahn zu. Rüstig schreitet sie fürbaß auf der tiefverschneiten Straße. Grau und trüb hängt der Himmel über den Hügeln und Tälern des Gaues; aber die Hanni schaut fest hinein in den Nebel und ins Gewölk, indem sie denkt: ›Du bist mir guat trüab und grob! Bis i auf Münka kimm, werd d' Sunn scho wieder scheina! Und 's Glück aa!‹

Der Bahnhof zu Ostermünchen steht öd und verlassen, da die Hanni dort ankommt. Etliche Lichter scheinen trüb durch den dichten Nebel, der ringsum schwer über dem Boden hängt, und ein alter Griesgram macht scheltend und brummend seinen Dienst. Die Uhr zeigt auf sieben.

Die Dirn tritt in die Halle und zum Schalter. Mit festem Knöchel klopft sie an die Scheibe. »He da! Eisenboh! I muaß auf Münka!« Ein Ruck, das Fenster wird scheppernd in die Höhe gerissen. Der Kopf des Herrn Bahnvorstands erscheint einen Augenblick in dem Guckloch. »Jetz geht kein Zug!« Rratsch. Der Kopf ist verschwunden, das Guckloch fällt zu. »Nachher wart i halt, bis oana fahrt, Rüappel!« sagt die Hanni gelassen und geht langsam und betrachtend in dem Raume auf und ab.

Nach geraumer Zeit kommt noch einer, der mit möchte – ein Soldat. Den fragt sie: »Wann fahrt er denn scho, der Zug?«

»In ana halben Stund«, sagt der Bursch; »i kaaf mir derweil no gschwind a Halbe, drent, beim Wirt.« Damit läßt er sie wieder allein mit ihren Gedanken, Plänen und Wünschen. Und sie überdenkt kurz ihre Zeit im Hauserhof, spürt noch einmal die Röte und Hitze einer zornigen

Scham, die ihr jäh ins Gesicht fährt, da sie überlegt, wie sie den Karren hätt heimgebracht, wenn sie nicht so narret hätt am Zügel gerissen. ›Nun heißt's wieder von vorn anfangen. Aber: Fang ma halt nomal an!‹ denkt sie. Glei frisch drauflos und mitten eine ins Glück! Wer woaß 's: hat mir koa Bauernhof ghört, werd mir scho a Stadtpalast ghörn, oder gar a Gschloß. Ein leises Lachen kommt sie an. »Is mir net angst! Wenns aa 's erschtemal is, daß i in d' Stadt kimm! Da werds scho aa ein Orts a Platzl gebn, wo i hinpaß.«

Etliche Reisende kommen an und bringen die Dirn aus ihren Betrachtungen. Sie löst ihre Karte für die Fahrt. Der Zug fährt ein. »Herrgott!« Ein Riß geht der Hanni durch die Brust!

Aber sie steigt frisch ein und setzt sich breit neben etliche Soldaten, die gleich ihr nach München fahren. Einer von ihnen, ein langer, schwarzäugiger Bursch, schielt sogleich begehrlich zu ihr herüber. »Wo fahrst aus, scheens Kind?« – »Mit der Postscheesn in Himmi!« sagt die Hanni lachend. Die andern schmunzeln. Der Lange aber meint: »Dees muaß aber a abscheulige Himmelfahrt sein, so alloanig! – I moan, wennst mi als Schutzengel mitnahmst ...« – »Nachher kaam i ganz sicher in d' Höll! Dees glaab i gwiß! Naa, i fahr liaber oaspanni, nachher werd mir doch mei Gaul net scheuch!« – »Aha, die kennt di, Brüaderl!« sagt dem Langen sein Nachbar. »Die bandelt net gern o mit an sechsfachen Raubmörder!« – »Aber mit so an Schinderhansl, wias du oana bist!« erwidert der andere grimmig; »mit so an boarischn Hias laßt sie si ein! Naa, Frailein, da bleibns scho liaber ledig und wern s' a Klosterfrau! – Dees hoaßt: wanns vielleicht doch a bisserl a Liab hätten zu an ordentlichen Menschen? ...« Die Hanni lacht vergnügt. »Dees müaßt i mir wohl erscht no a Zeitl überlegn!« sagt sie; »und bis dahin kunnt i dir leicht z' alt sein.« –

Der Zug hält. Allerhand Leute steigen aus und ein, und die Hanni betrachtet neugierig das Getriebe. Da hört sie hinter sich einen rufen: »Ja, was is denn dees! Der Knittl! Ja, grüaß di Good, Knittl! Wo fahrst zua, alter Pfannaflicker?« Sie fährt erschrocken zusammen. Der Knittl! Der Pfannenflicker! Ihr Vater!

Herrgott, das ging ihr jetzt gerad ab, daß der Alte sie sieht. Ängstlich duckt sie sich zusammen. Hinter ihr sagt der, den sie von Rechts wegen Vater nennen sollt, eben: »Ja, grüaß di Good aa, alter Spezl! Fahrst aa Münka zua?« Er fährt also auch nach der Münchnerstadt! Der Hanni steigt's schwül auf, und sie sucht mit den Blikken die Wagentür. Indes ihre Nachbarn scherzend fragen: »Alsdann, was is 's, scheens Kind? Wer derf mittoa bei dera Himmelfahrt?« Sie antwortet nicht; ihre Lippen pressen sich fest aufeinander, ihre Finger rupfen und zerren an den Fransen des Wolltuchs.

Und jetzt steht er auch schon da, der alte, vollbärtige Krauterer mit dem verpichten Gewand, dem der Schnupftabak in den Barthaaren hängt und das Wasser stetig aus den Augen tropft vom vielen Saufen. »Gibt's da aa koan Platz mehr für an oaschichtigen Handwerksburschen?« Die Hanni steckt den Kopf tief zwischen die Schultern; ihre Hände wischen im Gesicht herum. Aber: – »Jessas ... was siech i ... is dees net ... bist du net ... mei Hanni?« tönt's wie eine Posaun vom letzten Elend an ihr Ohr; »bist du net mei Hanni? ... Von der Rumplkathl a Tochta?« Ach, daß kein Spältlein in der Erden, kein Mausloch Erbarmen hat mit ihr! Gibt's denn keine Mauer, die sich herabsenkt vor ihr und sie unsichtbar macht vor ihm, dem alten Tropfen! Schaut nicht schon alles auf sie, auf ihr festliches Gewand – und betrachtet dann ihn und seine Haderlumpen! Ja, man schaut und horcht freilich! Sie spürts deutlich. Und denkt daran, daß sie, die Rumplhanni, zwar wohl das Kind dieser

beiden Menschen ist, aber dennoch ein Waisl, das sein Lebtag jede Suppe allein auslöffeln mußte, und jeden Strumpf selber flicken, wenn er ein Loch hatte! ›Wer hat mir gholfa, wia i als arms Haderlumpadirndl auf Gemeindekosten von ana alten Bißgurrn schlecht gfuttert und schlecht ghalten wordn bin? – Neamd. I selber bin davon. Und daß mi d' Hauserin gnomma hat, is aa koa Werk von dene gwen, die heunt gern Kind zu mir sageten!‹ So denkt die Dirn. Und da der Alte abermals fragt: »He, du, Dirndl! Di moan i! Bist du net d' Rumplhanni von Öd?«, da richtet sie sich straff auf und sagt eisigkalt: »Naa, da bist irr. So hoaß i net.« – »Bist du net beim Hauser von Öd Dirn gwen?« – »I kenn koan Hauser. I bin vo Rosenhoam.« Der Alte schaut sie immer noch an, forschend, fragend, wehmütig, enttäuscht. »Vo Rosenhoam. Ja, nachher hab i falsch gsehgn. Nachher sag i halt: Nix für unguat.«
Er kann sich nur schwer abwenden. Und da er 's tut, rinnen ihm die Tränen dick über seine blauroten Backen, und er sagt: » Mei, wenn sie's aa waar ... mit mir kunnt s' alleweil koan Staat macha, mit mir alten Hallodri ...« Damit zieht er ein Schnapsglas aus dem Sack und trinkt, indes die Hanni bleich und rot wird und sich wie von tausend Hunden gehetzt vorkommt. Er setzt sich nun zu seinem Kameraden, dem Pfannenflicker. Mit zitternder Hand bietet er ihm die Schnupfdose, das Schnapsglas. »Da, alter Spezl, schnupf amal. Und trink amal. Is a guater Enzian. Weils gleich is. Weil i heunt amal wieder woaß, daß i a alter Lump bin und a Lump war meiner Lebtag. Bist no alleweil billiger Jackl?« Der Freund bejaht. Und schnupft und trinkt.
Da hält der Zug in Grafing. Allerhand Reisende, Bauern, Bäuerinnen, Soldaten und junge Weiberleut steigen ein, so daß der Wagen gedrückt voll wird. Der alte Knittl lacht. »Da schau her, Jackl! Da gehts zua, wia wenn Kir-

tamarkt wär oder d' Jakobidult!« Der billige Jakob nickt. Und trinkt wieder von dem Enzian des Freundes. Da steigt einer ein, der hat kaum den billigen Kaufmann erblickt, als er auch schon schreit: »Ei, ei! Wen siech i da! An Jackl, den Spitzbuam! Was hast gsagt, wiast mir die selbig Bettdeckn aufghängt hast? ›Da legst di eine mit deiner Bäuerin‹, hast gsagt, ›und raus gehst nimmer, bis daß der Kriag gar is!‹ Und jetz muaß i einrucka!« Der Jackl schmunzelt. »Jetz der is guat!« meint er. »Der denkt, wann er bei mir Kundschaft is, nachher wird er für unabkömmlich erklärt! Mei Liaber, du gfallst mir! Du hast dir dein Orden scho verdeant! Für di waars schad, wann s' di amal derwischetn, d' Franzosen oder d' Russen!« Er gibt dem alten Knittl die leere Flasche wieder zurück. »Da, alter Schwed. Guat is er gwen. Der macht an Toten lebendig.« Bald ist eine gute Unterhaltung zwischen den dreien im Gang, der Kaufmann macht seine trockenen Witze, und der alte Pfannenflicker vergißt vor lauter Lachen, daß er vor kaum einer halben Stunde erinnert wurde an seine Jugend, an eine bewegte Zeit und an ein Maidl, das da zu ihm sagen müßt: Vater.

Die Hanni aber ist verschwunden. In Grafing ist sie ausgestiegen, hat sich einen andern Wagen ausgesucht und sitzt nun mit ihren Gedanken und Plänen einsam in einem Abteil für Frauen. Und der Zug eilt dahin und bringt sie der Stadt immer näher, immer näher ihrem ferneren Geschick, Glück oder Unglück. Nachdenklich lehnt sie am Fenster und blickt hinaus in die schweigende Nacht, sieht die Lichter der Wohnstätten an sich vorübergleiten und gewahrt weit hinten im Nebel die leuchtende Helle der Großstadt mit ihren ungezählten Lichtern. Und plötzlich beginnt ihr das Blut laut und stürmisch in den Adern zu schlägeln, eine große Angst vor der weiten, fremden Stadt kriecht in ihr herauf. Doch tapfer wehrt sie dem Gefühl und würgt es hinab.

Und da der Zug immer näher dem rötlichen Schein des Lichtmeers kommt, da der Schattenriß der Münchnerstadt sich immer weiter vor ihren Augen ausbreitet, da wird ihr Blick wieder klar, ihr Gesicht hart und entschlossen. Sie richtet sich zum Aussteigen und erwartet stehend das Ende der Fahrt. Und als endlich der Ruf: »Ostbahnhof! München Ostbahnhof!« an ihr Ohr dringt, da reißt sie ungeduldig an der Tür, springt frisch aus dem Wagen und trabt wohlgemut den andern Reisenden nach, die hastend aus dem Bahnhof und über den Platz zur Straßenbahn eilen. Schreiend und scheltend drängt sich die Menge in die Wagen; die Hanni aber spürt keine Lust, ins Ungewisse hineinzufahren, hebt vielmehr vorsorglich den Rock hoch, damit der Straßenkot ihn nicht bespritze, und stapft den Schienen entlang die Straßen dahin bis zur Isarbrücke. Da bleibt sie staunend stehen. Glitzernd und schillernd eilen die Wasser des Isarflusses dahin; Türme, Giebel und hohe Paläste ragen in die neblige Nacht, indes Hunderte von Lampen und Lichtern die Straße taghell machen und das Auge blenden. Hastend und unruhig wogt der Strom von Menschen an ihr vorüber, Karossen und Wagen eilen hin und wider, und mit viel Lärm bringt die Straßenbahn ihre Fahrgäste dahin, dorthin, irgendwohin. Lange steht sie da, die Dirn, und schaut. Und kommt sich klein und immer kleiner vor in diesem endlosen Gewurle und Getriebe. Wieder steigt die Angst in ihr auf. Aber wieder drückt sie das Gefühl nieder und geht frisch weiter, dem Isartor zu. Und denkt: ›Groß is s', d' Stadt, und weit is s' aa; nachher wird si scho für mi aa ein Orts a Hoamatl finden und a Kuah zum melken!‹

Grasgrea is die Hollerstaudn,
Schneeweiß is die Blüah,
Dirnderl, i hätt di gern,
Wia is denn dir?

D' Kerschbaam blüahn aa wia Schnee,
Is Liabn braucht an Fleiß,
Dirn, trau dem Büaberl net,
Er führt di aufs Eis!

Die Hanni steht zaghaft vor dem alten Gasthof, drunten im Tal. Schreien und Lachen dringt daraus, Gäste kommen und gehen, eine laute Musik übertönt zeitweise den Lärm. Ein altes Weib mit pergamentenen Zügen und langen Ohrgehängen kniet in der Toreinfahrt vor einem Ofen, fächelt mit einem rußigen Flederwisch in die schlafende Glut, daß sie zur bläulichen Flamme auflebt, und sagt dazu, so oft jemand vorbeigeht: »Heiße Maroni, Herr! Gute, heiße!« An diese Alte wendet sich die Hanni. »Muada, woaßt nix, ob i da drin über Nacht bleibn konn?« – »Da drin? O ja! Freilich wohl! Ganz gut!« Sie steht auf und schüttelt die Kastanien auf dem Röstblech durcheinander. Die Hanni schaut ihr unschlüssig noch eine Weile zu, dann tritt sie ein in die Gaststube.

Herrgott! Gehts da zu! Ein Lärm! Ein Rauch und Qualm! Und ein Duft! An schmierigen Tischen sitzen allerhand verwegene Burschen, verlotterte Mannsbilder und freche, plärrende Weiber. Dazwischen gehen und stehen ärmliche Händler und Hausiererinnen herum, bieten ihre elendigen Waren an und unterhalten sich mit dem und jenem. Bald steht hier, bald dort ein Streit auf, erlischt wieder und wird aufs neue angefacht, dazu rattert, bläst, pfeift und scheppert in einem hohen Kasten die überlaute Musik, und über dem ganzen Trubel hängt der dicke, beißende Tabaksqualm, der dem Neuankommenden für den Augenblick jede Einsicht hindert, jedes Suchen nach Bekannten unmöglich macht. Die Luft ist erfüllt von diesem Rauch, vom Dunst der Speisen, vom Geruch abgestandenen Bieres, vom Lärm der Menschen und der Musik. Betäubt steht die Hanni am Eingang, wird bald von einem gestoßen, von dem andern geschoben und gerät auf Ja und Nein mitten in einen Knäuel streitender, schimpfender Burschen und Mädchen. Vergebens sucht sie daraus zu entkommen und den Ausgang zu gewinnen; der Streit wird zum Geräufe, Stühle, Krüge, Körbe fliegen, Schläge fallen dumpf auf die Köpfe etlicher Angegriffener, Weiber kreischen auf, und dann fährt gewichtig die Faust eines Hausknechts dazwischen, der die ganze Gesellschaft in wenig Augenblicken auseinandertreibt und an die Luft setzt. Die Hanni steht eingezwängt zwischen Tischen und umgeworfenen Stühlen, unfähig, sich zu rühren. Die Bänder ihres Hutes sind abgerissen, ihr Gewand ist voll verschütteten Bieres. Und in ihrem Gesicht steht der Schrekken des Augenblicks.

Da sagt eine bekannte Stimme: »Hanni! – Rumplhanni!« Sie schaut um sich. Einer von Vogelried! Ein Landsmann! »Gell, du bist vom Ropfer z' Vogelried?« fragt sie ihn. » Freili bin i's! Und du bist d' Rumplhanni vo Öd, gell?« – »Ja.« Gott seis gedankt! Ein Bekannter! Ein Schulkamerad! Die Hanni besinnt sich noch gut auf den Ropferflorian von Vogelried. »Gell, du bist selbigsmal davon ... durchbrennt ... wia s' di wegn dera Gschicht ... bei der Kramerin ozoagt habn?« fragt die Hanni weiter. Und sie erinnert sich wieder des Tages, da man die alte Haschermutter in ihrem Laden schier ohne Besinnung aufgefunden hatte. Das abergläubische Weiblein zitterte vor Angst und berichtete, der Teufel wär eben leibhaftig bei ihr im Laden gewesen und hätt ihr gedroht: »Entweder du gibst mir zwanzg Mark, oder i pack di auf der Stell z' samm und nimm di mit in d' Höll!« Der Florian lacht. »Mei, i habs ihr ja net gschafft, daß sie's glaabn soll!« sagt er; »aber braucha hab i 's Geld scho könna. Sie hat mirs ja freiwillig gebn!« Und damit ist die Geschichte für ihn wieder tot. »Wo kimmst her und wo gehst aus? Wia kimmst da rei' in d' Stadt und in die Boazn?« Das ist seine weitere Frage. Die Hanni seufzt. »Mei, an Platz suach i in der Stadt herin. Und a Wirtshaus zum Übernachten.« Der Florian ist hocherfreut. »Du hast 's Dableibn im Sinn? An Platz möchst? Ah, da woaß i dir glei Rat! Ja, da schau her! Und übernachten kannst glei in der Näh. Glei in dem Haus, wo i wohn. Und jetz gehst mit mir um a Häusl weiter, nachher lad i di ei zum Essen. Und zu an Kaffee. Is 's dir recht?« Obs ihr recht ist! Freilich! So allein in der endsgroßen, fremden Stadt, in dieser Roßschwemm!

Zwar ist er nicht viel Gescheites, der Ropferflori; es ist auch etwas in seinem Wesen, was ihr nicht recht gefällt, aber er ist halt doch ihr Landsmann, das einzige bekannte Gesicht unter viel hundert fremden. Und so geht sie gern mit ihm in eine andere Wirtschaft, ißt und trinkt, lacht und erzählt und erschrickt ganz, als die Zeit der Polizeistunde da ist. Nun heißt's heimgehen. Heim! – Wo mag heut ihr Heimatl sein? Wo morgen? Ein leiser Seufzer entfährt ihren Lippen. »Moanst, daß i z' Münka an richtign Platz kriag, Flori?« – »Freili! Grad gnua! Oan besser wia den andern!« – »Gott sei Dank! Is mir scho schier loade worn beim Drodenka! Aber wennst du a so sagst, nachher werds scho a so sein.« Sie überläßt ihm willig ihren Reisesack, den er ritterlich trägt.

So schreiten sie frisch dahin durch den leise fallenden Schnee, die Hanni immer ein paar Schritte hinter ihrem Begleiter, der ihr den Weg weist. Grad biegt er hinten beim Kloster am Anger ums Eck, indem er sagt: »Jetz wern mir glei da sein. Muaßt aber a bissl warten da herunten, bis i mit der Hausfrau gredt hab!«. Da geschieht etwas ganz Unerwartetes. Der Florian stößt plötzlich einen kurzen Fluch aus, dreht sich blitzschnell um und rennt an ihr vorbei, zurück, um die Ecke, davon.

Mit ihrem Zegerer, ihrer ganzen Habe! Und vor ihr stehen zwei in Uniform, die ihr den Weg versperren, vor und zurück. Und fragen, ob sie den Burschen gesehen hätt? »Freili hab i 'hn gsehgn!« Wo er hin wär? »Da hint ums Eck! Was woaß i!« Ob sie vielleicht zu ihm gehöre? »Mei ... ja und naa. Wias d'es nimmst!« Aber: »Was? Sie wolln uns derblecka, scheints! Sie habn eine ordentliche Antwort zu gebn, daß Sies wissen! Wie heißen S'?« Die Hanni will weiter, dem Tropfen nach, der ihren Reisesack mitnahm. »Dees geht koan Menschen nix o, wia i hoaß! Und überhaupts hab i mit enk gar nix z' toan! I will zruck, dem oan nach, der mei Sach hat!« Aha! Sie ghört also zu ihm! »Sie bleibn jetz amal bei uns da, Frailein! Verstanden! Sie wissen guat, wo S' Eahna Sach darnach suacha müassen! Und jetzt sagn S', wie Sie heißen!« – »Naa, ganz gwiß net! Da kunnt a jeder kemma und fragn, wia i hoaß! Gar, wo ma mi so saudumm oredt! Als wia wenn i wissen tat, wo der oa mit mein Zegerer hin is!« Sie gerät in die Hitze. »Mein Ruah will i habn, sag i! Suachts enk a anderne aus zum Fürannarrnhalten!« Und da die beiden immer noch nicht gehen, kommt sie immer mehr in Zorn und Wut und beginnt zu schimpfen und zu schreien. »Mein Fried sollts mir lassen! Schaugts liaber, daß's hoam kemmts, anstatt daß's d' Weibsbilder drangsalierts! Ös ghörts überhaupts net da her! Ös ghörts scho lang in Schützengrabn auße! Seids groß und stark gnua! Und bals mi jetz net glei guatwilli steh laßts, nachher zoag i's enk, wer i bin! Aber richti!« Sie ballt die Fäuste, stampft, wütet. Und da die beiden gar verlangen, sie solle mitgehen auf die Wache, als sie vom Verhaften reden und von grober Widersetzlichkeit, da ist es aus mit ihrer Fassung. »Grob! Wer is denn grob? Koa Mensch wia ös! Ös waarts mir no so Soldaten! Schaama derfts enk! Da waar insa Kini sauber aufgricht, wenn er lauter solchene hätt! ...« Und schließlich bricht sie in Tränen aus, weint um ihr Sach, um ihre Ruh, um ihr Öd. Es ist nichts mehr mit ihr zu machen, und da schließlich den beiden Polizisten etliche Kameraden in den Weg kommen, packen sie die Hanni, heben sie in einen herbeigeholten Wagen und bringen sie trotz ihres Sträubens zur Polizei als ein »aufgegriffenes Frauenzimmer, welches sich nicht ausweisen konnte und Widerstand gegen die Staatsgewalt verübte«.

So sitzt also die lautweinende Hanni im Polizeiarrest bei noch etlichen andern, die gleich ihr im Verlauf der Nacht aufgegriffen und eingeliefert wurden. Neben ihr hockt eine alte, betrunkene Hadernsammlerin aus Giesing auf der Bank und schimpft über den sozialen Tiefstand des Wirtschaftsbetriebes, über dic ungleiche Verteilung von Geld und Bier und über die ungalante Schutzmannschaft Deutschlands. Daneben unterhalten sich ein paar auffällig gekleidete Mädchen mit einer dicken Wäscherin, die sich ihnen als Hauswirtin anbietet. Indes in einer Ecke eine Hausiererin steht und mit viel Tränen einem Mädchen der Gasse ihr elendigs Schicksal und ihre Not schildert. Und da sie dies getan, geht sie auf die Hanni zu und sagt: »Gehngan S' zua, Frailein, woanan S' do net a so! Deswegn werds do net anders! Sie müassn Eahna akkrat a so denka wia i: Der Arme is ein Opfer des Kapitulierns. Mit den Arma tuat a jeder, was er mag. Bsonders wann oana koan Pfenning Geld hat und an schlechtn Leumund. Daß er sei Straf net zahln konn; daß er s' absitzen muaß, wia i. Ja, wenn i net so a Rindviech waar! Aber a so hab i halt wieder um a Glasl z' viel ghabt, a Wort hin und oans her, und der Widerstand is fertig gwen. Und der Alt hockt dahoam und huast, d' Kinder plärrn um was z' essen, und d' Hund winseln ums Fuatta. Und i hock da und wart auf morgn früah, wenn s' mi heunt nim-

mer auslassen! Wo kommen S' denn her? Warum sand S' denn da?«
Die Hanni hört allmählich zu weinen auf. Das Weib da vor ihr hat eine größere Kirm zu tragen. Die ist nimmer frei und ledig. Und dennoch überkommt die Dirn noch mal ein heftiges Schluchzen, als sie der anderen erzählt von ihrer Reise, von ihrem Zusammentreffen mit dem Ropferflori, von ihrem Unglück. »Hättst es halt die Schutzleut gsagt, wiast hoaßt!« meint ihre Genossin. Aber: – »Wenn i gmoant hab, Soldaten sand s'! Was woaß i von dee Schutzleut! Bei uns hat ma halt Greane, Schandarm hoaßt man s'«, erwidert die Hanni. Und es währt nicht lang, da sind die beiden Weiberleut gut Freund geworden. So daß die Hanni wieder ganz munter ist und ruhig den Morgen und das Verhör erwartet.
Da redet sie frei und ehrlich, sagt auch, wer sie ist und was sie vorhätt, und empfängt mit viel Freude ihren Reisesack, den der Flori wohl in der Eile von sich geworfen und den ein Straßenkehrer gefunden hatte. Freilich, die Strafe für ihre Widerspenstigkeit gegen die Staatsgewalt muß sie wohl bald erleiden! Doch tröstet sie ihre Leidensgenossin, die Hausiererin. »Was wolln s' dir viel macha!« sagt sie, »wennst viel kriagst, nachher kriagst a Woch. Dees hast schnell abgsessen! Mei, was sollt denn da i sagn: i muaß jeden Winter meine sechs, acht Wocha macha. Weil i d' Straf net zahln konn. Weil i a arma Teife bin. Und 's Gschäft geht halt amal in dene Straßen am besten, wos Hausieren verboten is.«
Ja ja. Aber es ist halt doch eine Woche, wenn's auch bloß eine Woche wird. Und sie muß mit den vier Mauern bekannt werden, die sie mehr scheut als ein langs Siechenbett! Herrgott! Die in Öd wenns wüßten! Der Staudnschneider, die Hauserischen, der Simmerl! Oder die Leni! Die Schand! Das Gerede!

Es ist gut, daß die Hausiererin ihr Sinnieren und Bohren unterbricht, indem sie sagt: »Übrigens, was i dir sagn will: Du kunntst leicht bei mir a paar Wocha bleibn als Kindsmagd! Oder aa zum Obstverkaaffa! I gib dir's Essen dafür und 's Schlaffa. Wennst willst, kannst jederzeit komma. I wohn in der Au, beim Lilienberg. Wennst nach mir fragst, a jeds Kind zoagt dir dees Häusl von der Weinzierlfranzi!« Die Weinzierlfranzi. Vom Lilienberg. In der Au. Ein Heimatl. Die Hanni sagt zu.

Draußen bei der Kirche Maria Hilf in der Au sind die Herbergen vieler alter Bürger unserer Münchnerstadt. Und entlang dem Lilienberg lehnen noch allerhand Hütten und Häuslein, in denen schon die Urväter mancher noblen Palastbesitzer und Wagerlprotzen ihre ärmlichen Hosen zerrissen und die Wänd bekritzelt haben. Ein winziger Geißenstall, ein morscher Holzschupfen, ein alter Röhrlbrunnen oder eine mürbe Holzaltane und ein wilder Holunderstrauch in dem armseligen Wurzgärtlein weist noch dem Beschauer die Genügsamkeit der Bewohner dieser Herbergen mit ihren zwei, drei Kammern und dem Küchenloch. Da hinaus führt nun die Weinzierlfranzi ihren Schützling, die Hanni. Es ist um die Zeit am Morgen, da die Fabriken ihre Signale zum Beginn der Arbeit heulen und die Bäckerburschen mit den Milchmädchen an Straßenecken schwatzen. Durch die Gassen hinkt ein alter Lichtanzünder und verlöscht das Morgenlicht in den Laternen, und fröstelnd trippeln fünf, sechs Mädchen in dünnen Fähnlein ihrer Arbeitsstätte zu. Aus den Fenstern der Häuser blinkt da und dort ein mageres Öllicht, und aus den rußigen Kaminen steigt leicht und bläulich dünner Rauch in die beißend kalte, klare Morgenluft. Auf den hohen Giebeldächern liegt der festgefrorene Schnee, und von den Dachrinnen, die so nieder sind, daß man den Hausschlüssel darin verwahren kann, ohne einen Schemel zu brauchen, hängen dicke Eiszapfen schier bis zum Boden.

Vor einer dieser Hütten macht die Franzi halt; sie späht erst durch eins der vereisten Fenster, dann drückt sie leise auf die Klinke. Das Haus ist offen, und sie treten ein in den winzigen Hausflöz. Da liegen und stehen Körbe, Kisten, Häfen und Holzscheite herum, auf den ausgetretenen Stufen der geländerlosen Stiege liegt Wäsche und Spielzeug, und vor der Tür, die in die eine Kammer führt, steht das eiserne Zylinderhütlein ihrer Kinder. In der Kammer liegen drei der Hascher in einer mageren Betthaut, einer sitzt hemdärmelig auf dem kalten Stubenboden, hat die Kaffeemühle und etliche Erdäpfel als Spielzeug neben sich und jammert um die Morgensuppe. Ein aufgeschossenes Maidl hockt vor dem alten Sesselofen und bläst aus vollen Backen in die schwelenden, rauchenden Reiser, während ein etwa sechsjähriger Bub auf dem zusammengesessenen, pichigen Kanapee steht und die Herdringe zur Melodie des Münchner Schäfflertanzes schwingt.

Die Hanni bleibt beklommen draußen vor der Stubentür stehen; doch ihre Gastgeberin sagt freundlich: »Trau di nur rei', Hanni! Gschiecht dir nix! Höchstens, daß di d' Arbat opackt. Geh, ziag mir die Gsellschaft o; die derfriern ja! Und koch eahna an Kaffee! Muaßt aber z' erscht d' Goaß melcha!« Die Dirn ist froh um die Arbeit. Sie zieht die schreienden, zappelnden Würmer an, wäscht sie und striegelt ihnen das Haar, hilft der Großen ein Feuer anmachen, daß es knistert und kracht, und stellt den Hafen mit dem Kaffeesatz darauf. »Wo hast dein Stall und a Melchgschirr?« fragt sie danach. Die Weinzierlin wird verlegen. »Mei«, sagt sie, »so nobel wia bei den Bauern gehts bei mir net zua. Da hätt ja i an Platz net dazua. Mir habn halt drei Stuben,

und da hab i oane vergebn an an Zimmerherrn. Sand halt doch alle Monat sechs Mark. Und hintn, wo der Stall hingehört, hab i mei Gmüas und mei War. Mir muaß si halt nach der Deckn strecka. Da hint steht a blecherna Eimer, schau, den nimmst zum Melchen. Und da drin ...«, sie öffnet eine niedere Tür ... »Da drin is d' Goaß.«
Die Hanni nimmt den Blecheimer, auf dem noch ein Zettel klebt: »Feinste Aprikosenmarmelade“, und will hinein in die Geißenkammer. Aber erschrocken fährt sie zurück. Da liegt auf einem elendigen Lager ein bleicher Mann mit eingefallenen Wangen und fiebernden Augen, der flüstert heiser etwas Unverständliches und winkt mit matter Hand seiner Franzi, wobei ihn ein dürrer Husten peinigt. Neben diesem Siechenbett steht ein alter Waschkorb; und darin kriechts und wurlts, und es winselt ein Häuflein junger Hunde und krabbelt und sucht an der knurrenden Alten herum. Drunten am Fußende der Bettstatt aber ist ein Haufen Laubstreu aufgeschüttet, und darauf liegt, an den Bettfuß gebunden, meckernd eine grobbeinige Geiß, die sogleich aufspringt und nach ihrem Futter schaut. Die Weinzierlin geht an die Liegerstatt ihres Mannes, streicht ihm das Kopfkissen glatt und horcht auf sein Geflüster. »Wo bist denn gwen?« fragt er. – »Da brauchst do net z' fragn!« erwidert sie bitter. »Daß d' di denn alleweil wieder erwischn laßt!« – »Ja no. I hab halt wieder 's Maul net halten könna. Und a Widerstand is schnell beinand. Aber dees is jetz gleich. Dees ghört zum Gschäft. I hab mir wem mitbracht als Aushilf derweil, bis i wiederkimm – von der Straf. Deesmal muaß i sechs Wocha macha.« Ihr Alter seufzt und fragt um den Kaffee. »Glei kriagst 'hn«, sagt seine Franzi und schaut zufrieden auf die Hanni, die sich frisch auf die Streu gekniet hat und nun in flinken Strichen die gelbliche Milch in den Eimer melkt.

Danach kocht sie eilig den Kaffee fertig, füttert die Kinder und den Kranken und geht dann hinter in den winzigen Schupfen um Heu für die Geiß. So beginnt sie ihr Tagwerk in der Münchnerstadt, in dem neuen Hoamatl, von dem sie dachte, es würde sich schon eine Kuh drin finden zum melchen. ›Macht nix‹, denkt sie; ›wenns aa koa Kuah is; na is 's halt derweil a Goaß!‹ Und sie tut singend ihre Arbeit.

Kinder warten, Hunde füttern, den Kranken pflegen und der Geiß einstreuen, das Haus versorgen und die Mahlzeit richten, das ist der Hanni ihr Tagwerk; ein paar Stunden Schlaf auf dem hinabgeschelchten Kanapee, das ist ihre Nachtruh. Und eines Morgens sagt die Weinzierlin: »Hanni, heunt muaßt mit zum Handeln. Daß d' dich auskennen lernst in der Stadt, und daß d' mir 's Gschäft weiterführn kannst, wenn i net da bin.« Also holt sie ihren Handkarren aus dem Schupfen, ordnet das Gemüse, die Orangen und die Nüsse darauf und schreibt mit großen Buchstaben die Preise auf die Tafel, die sie auffällig an den Karren hängt. »Franzi, wennst von der Schul hoamkommst, nachher wärmst die Suppen in dem blauen Hafen dort auf!« sagt sie noch zu der Großen; »und a Brot gibst an jeden, und an Vatan a weichs Ei. An Hund net vergessen und d' Goaß! Pfüat enk der Himme!« Sie schließt das Haus und macht sich auf den Weg.
Und so trabt auch die Hanni mit der Händlerin durch die Straßen dahin wie das Kalb am Strick, betrachtet die Stadt mit ihren Häusern und Läden, die Gassen, Plätze und Winkel, schaut auf die Schilder, welche ihr deren Namen weisen, und horcht auf die Rufe der Franzi, die ihre Waren mit beredten Worten anzubieten

versteht. »Madam! Schöne goldgelbe Zitrona, viere a Zehnerl!– Geht nix ab? Zuckersüaße Oranschen, Herr Nachbar! – Nehman S' Eahna a paar mit! Fünfe um a Zwanzgerl, Herr! – Neue Nuß! Nix gfällig?« Freilich geht das Geschäft nicht reißend; aber sie kommen auf ihrer Reise doch auch an Plätzen vorbei, wo sie binnen weniger Minuten mehr verkaufen als anderswo in einer Stunde. »Dees muaß i mir merka«, meint die Hanni; »daß i die Plätz no woaß, wann i amal verkaaf. Überhaupts sollt ma glei bloß dahin fahrn, wo si was rührt!«

Aber im selben Augenblick kommt einer, den die Dirn noch gut erkennt als einen Wächter der Gesetze; und sie begreift es schnell, warum ihre Wirtin so geschwind den Karren um dic Ecke schiebt und im Trab die nächsten Straßen durcheilt. Ja ja. Breit ist die Straße – zum Verderben; aber es wohnen halt die reichen Leute dort! Und die Franzi meint: »Ja no! Allemal, wenn i mei Straf wieder abgsessen hab, gib i a Zeitlang Obacht auf die Vorschrift. Aber wenn i siech, wia meine Kinder hungri sand und d' Apothekn oa Markl um dees ander frißt für mein Kaschban seine Trankerl – mei, da wird oan alles wurscht. Da hoaßts halt: Hast a Geld? Und balst koans hast, bist verratzt und verkaaft vom Anfang bis zum End. Is 's vielleicht anders? Bringst an Schratzn auf d' Welt – dees erschte is, daß d' Hebamm fragt: Hast a Geld? Wenn s' aa net mit Worten fragt; mir gspürts scho, wann s' siecht, daß ma koans hat. Nachher laßt a so a Grischberl taafa; mei, 's Wasser kost't freili nix. Aber – der Pfarrer möcht lebn, und der Meßmer möcht lebn, und der Magischtrat und d' Gmeinde aa. 'S Heiratn ham s' oan aa net umasonst erlaubt; und balst amal einefallst in d' Gruabn, und brauchst an Nasendetscher und an Ewigkeitsfiaker, nachher tat not, du hättst als a Toter no an Geldbeutl in der Hand. Ja ja. – Is mir heunt scho angst, wenn mei Kaschba amal dro glaabn muaß. Bis i dees beinand hab, derf i mi no oft einsperrn lassen! Denn i möcht 'hn doch scho dritter Klass' eingrabn lassen, wenns a bißl geht. – Gnä Frau, was geht ab? Der Karfiol? Sechzig, gnä Frau. – Sonst noch was gfällig? – I dank schön, gnä Frau. A andersmal wieder d' Ehr!« Einmal kehrt die Franzi mit der Hanni auch ein während ihrer Handelsfahrt. Drunten beim Markt und Dultplatz, im Blauen Bock. Da sitzen sie beieinander, die Karrenschieber, essen ihren Brocken Wurst oder Käs, trinken ihre Maß und schwatzen sich die Galle weg, die ihnen so oft im Tag übergeht, wegen der War, wegen der Kundschaft und wegen des Wortes: Verboten. Und die Hanni lernt das Geschäft kennen; den Großhändler, die Reißer und Schlager unter der Ware, die Kundschaft und das Gesetz mit seinen Vertretern. Sie horcht genau auf die Rede des alten, dicken Kartoffeltobias, verfolgt die Ausführungen der rothaarigen Blumenhändlerin und überlegt, was man für die nächsten Tage ankaufen könnt, um wenig zu setzen und viel zu gewinnen.

So lebt sie sich gemach ein in den Beruf ihrer Hauswirtin, der Weinzierlfranzi, und wird schließlich deren Vertraute und rechte Hand. Und das Häusl draußen an dem Berghang wird allmählich hell und freundlich, die Kinder hängen an ihr, dem Baserl, die Hunde springen ihr entgegen, die Geiß kennt sie, und der dahinsterbende Weinzierl macht zufrieden die eingebrochenen Augen zu, wenn ihm die Hanni die Kissen aufschüttelt und die Kammer hinausfegt. – Die Weinzierlin aber geht dahin, wo sie als tote Nummer einer Zelle den grauen Kittel der Verbrecher trägt, Socken strickt und Tüten klebt, Böden schrubbt und Wäsche reibt gegen einen Taglohn von vielleicht zwölf Pfennigen, bis sie den letzten Heller ihrer Strafmandate abgesessen hat.

Josefi! Der Tag aller Sepperl und Pepperl! »Heut geh i mit Bleame«, sagt sich die Hanni am Tag vor Josefi; »denn heut bring i sicherli mehr Veigerl und Schneeglökkerl o als wia Blaukraut und gelbe Rüabn.« Und sie legt ihr gutes Gewand an, nimmt den weiten Armkorb statt des Karrens und läuft zur großen Markthalle, wo sie bald das Rechte findet: Anemonen, Schneeglöcklein, Nelken und Veilchen. Auf einer Bank nahe der Isar bindet sie geschwind eine Menge kleiner Sträußlein, und dann eilt sie mit dem Korb stadteinwärts, belebten Straßen zu und großen Häusern. »Herr, ein Sträußerl gfällig? – Schöne Veigerl, Frau, was geht denn ab? A Namenstagbuketterl net vergessen, gnädigs Fräulein!« Ach, sie kommen hart über ihre Lippen, diese Lockrufe und Anpreisungen! Und die Frauen, die vorüberhasten, sehen sie an mit Augen, die ganz unverhohlen sagen: Betteldirn! Tagdiebin! Und die Männer? Ja ja. Die schauen nicht bloß ihre Blumen an und ihren Korb; die gaffen ihr gar oft ins Gesicht, daß sie wähnt, es würde ihr bei solchem Gaffen alles abgezogen, jede Hülle, und sogar die Haut. »Herzerl! – Schatzerl! – Schöns Kind!« Aber das Geschäft geht gut.

Und gegen Abend, da die Straßen und die Läden, die Gaststätten und die Wohnungen hell erleuchtet werden, da hat sie alle ihre Veilchen und die Schneeglöcklein verkauft, und auch von ihren Nelken und Anemonen sind nur noch wenig Büschel übrig. Da kommt ein alter Herr des Wegs, im Pelzrock und Zylinderhut. Der hat kaum die Hanni erblickt, als er sogleich zu ihr in die Toreinfahrt tritt, auf den Rest in ihrem Korb deutet und fragt: »Was kosten sie?« Und dabei gleitet sein Blick über ihre schwarzen Zöpfe, ihren Körper, und bleibt betrachtend stillstehen in ihrem von der kalten Luft geröteten Gesicht und in den Augen, indes sie leise sagt: »Drei Mark, Herr.« Er zieht die Börse und fragt, während er darin herum

sucht: »Wie heißt du denn? Bist du Münchnerin? Bist du schon Frau?« Die Hanni bindet mit unsicherer Hand den Strauß zusammen.
Was der alles wissen möcht! Das wär wieder so einer! Aber ein feiner, ein vornehmer Herr ist er doch! Und sicher reich – sehr reich! Seine Börse ist gefüllt mit Silbergeld und Scheinen, und sein Anzug, sein Benehmen sagt ihr, daß er etwas andres ist als alle, die ihr bisher in die Augen sahen – so begehrlich ... »I bin koa Münchnerin, naa, Herr. I bin aa net d' Frau selber. I bin bloß d' Hanni.« – »Die Hanni. Hast du zu Haus noch Blumen?« – »Naa, Herr. Aber i kann Eahna leicht morgn no oa bsorgn, so viel S' mögn!« Der Herr besinnt sich ein wenig. Dann reicht er ihr eine Banknote hin. »Hier. Laß nur gut sein. Und bring mir morgn noch so einen Strauß. Wart, hier hast du meine Adresse. Um zwei Uhr bin ich zu Haus.« Er gibt ihr eine feine Visitenkarte in die Hand. »Auf Wiedersehen, Fräulein Hanni!« Noch ein kurzer Gruß, ein Lüften des Zylinders, dann ist er in dem Strom von Straßenbummlern verschwunden.
Die Hanni blickt ihm betäubt nach. Dann betrachtet sie abwechselnd die Karte und das Geld. »Zwanzg Mark! Für die paar Bleame! Und a Baron is er, der Herr! Und reich, ganz narrisch reich ...« Sie fährt mit der Trambahn heim. »Heut laaf i nimmer z' Fuaß bis in d' Au! Heut hab i scho mein Wochenlohn verdeant!« sagt sie sich. Und immer wieder betrachtet sie die Karte mit dem vornehmen Namen und der vornehmen Adresse. Und da sie draußen bei der Weinzierlhütten steht und aufschließt, summt sie leise:

»Lusti is auf der Welt,
Zwanzg Gulden in Silbergeld,
Dreißge in Schein –
Bua, mei Herzerl ghört dein!«

Die Hanni wirft den Korb unter die Stiege im Hausflöz, zündet eine Kerze an und geht hinein in die Stube. Aber die ist leer. Und aus der Kammer daneben dringt ein matter Lichtschein. Sie läuft durch die Stube und bleibt erschrocken an der Kammertür stehen. Da liegt der Weinzierl wachsgelb und starr in den Kissen; neben der Lagerstatt brennt in einer steinernen Flasche eine Wachskerze, und auf dem Nachttischchen liegen allerhand bunte Heiligenbilder ausgebreitet. Und auf der Zudeck des Bettes liegen und krabbeln die jungen Hunde, indes die Alte drunten bei den Füßen des Toten sich unters Deckbett verkrochen hat und schläft.
Die Kleinen aber hocken auf der Geißenstreu und machen halblaut Musik mit Papiertrompeten, indes der Bub leise weinend unter der herausgezogenen Kommodenschublade liegt und ängstlich nach dem eingebrochenen Gesicht des Toten schielt. Und die Geiß steht meckernd dabei, wühlt mit den Hörnern in der Wäsche und zerrt an ihrem Strick, der sich in ihre Füße verwickelt hat. Starr steht die Hanni eine Weile vor dem Bild; endlich rafft sie sich zusammen, trägt die Kinder hinaus, kocht, versorgt das Haus und eilt danach zur Totenpackerin und zum Schreiner, zum Doktor und zum Pfarrer, bei dem sie auch das große Weinzierlmaidl findet, bleich und mit großen, fremden Augen. »Sie hat ihn sterben sehen«, sagt der Pfarrer mit einem Blick auf das Kind; »nun wollt sie nimmer heim, allein.« – »Aber mit der Hanni geh i scho hoam«, sagt das Dirndl. Und sie faßt die Hanni bei der Hand und zieht sie mit sich fort.
Nun liegt also der Tote da, und man muß warten bis zum Morgen, bis er in die gelblackierte Truhe mit dem Hobelspanbett und den steifgestärkten Spitzen kommt und der Deckel mit dem blechernen Herrgott drauf den starren Leichnam einschließt in die Kammer, die leicht Platz hat in der stillen Grube draußen im Gottesacker.

»Mei, is guat, daß 'hn unser Herrgott hoamgholt hat!« meint die Leichenfrau am Morgen, da sie den Abgeschiedenen wäscht und für die letzte Reise kleidet. »Für die arma Leut is der Tod allemal a Glück. Und fürn Weinzierl scho ganz gwiß. Sitzt sie scho wieder?« Die Hanni gibt ihr keine Antwort und geht hinaus. Indes die Leichenträger und die Geistlichkeit erscheinen, der Friedhofswagen mit den beiden Rappen vorfährt und also der ehrbare Kaspar Weinzierl für immer seine Herberg in der Au verläßt. Dabei dann einer von den Trägern zu den andern halblaut sagt: »Da werds mitn Trinkgeld mager ausschauen!« und ihnen seufzend eine Prise aus der großen Dose anbietet.

Da nun die Kammer leer und ausgefegt und das Bett des Heimgegangenen in die Holzlege hinausgehängt ist zum Lüften, auch die Kinder versorgt und die Stube durchwärmt ist, da muß die Hanni daran denken, den Tod des Hausvaters seiner Wittib draußen mitzuteilen. Und so macht sie sich am Vormittag noch auf den Weg.

»Und wenn grad amal was wär, Hanni, mit eahm, oder mit die Kinder, nachher bringst mir die Botschaft 'naus; fahrst bis in d' Tegernseerlandstraß und gehst die Alleebaam nach. Wenn d' Häuser ausgehn, siechst es a so vor dir steh.« So sagte die Weinzierlin noch vor ihrem Gehen. Also fährt die Hanni mit trübem Sinn und müdem Kopf dahin und geht nachdenklich durch die alte Straße, indes der Föhn durch die Bäume pfeift, die Wolken jagt und drüben im Forst heulend über die Wipfel fegt, daß es weithin ächzt und kracht. Fröstelnd zieht sie ihr Wolltuch fester um die Schultern und blickt mit großen, starren Augen hinüber zu dem düsteren Häusergeviert mit der kleinen Kirche und den hohen Mauern, welche alles, was dahinter ist, abschließen von der Außenwelt. »Wann wirst du selber drin sein hinter dene Fenstergitter?« fragt sie sich; »wie mag dir wohl die Suppen schmecken drin in so einer Keuchen?« Und ein Zorn packt sie – über ihr hitziges Blut, über ihre Reise nach München, über alles, was Schuld trägt an ihrem Dasein überhaupt.

Unter solchem Denken und Sinnieren kommt sie unversehens an das hohe Gittertor, das sich eben hinter einem alten, dürren Weiblein schließt. Sie überlegt, ob sie nicht dem Pförtner noch rasch rufen sollt; aber sie tuts nicht. »Dann geh ich zu Maxim ... da bin ich sehr intim ...« Die Hanni blickt erschrocken um sich. Da trippelt auf zierlichen Stöckelschuhen eine modisch aufgeputzte Dame hinter ihr zum Tor, trällert und singt und wiegt den Kopf mit dem Federnhut dazu im Takt, schlenkert das Täschchen und den Schirm in der Hand und tut, als ging sie zu einem Reichsgrafen auf Besuch. Vor dem Eingang bleibt sie stehen, schaut von oben herab zur Hanni hin und fragt: »Ham Sie schon gläut'!?« – »Naa.« Die Hanni betrachtet in starrem Staunen das noble Frauenzimmer und überhört schier, daß der Pförtner mit dem rasselnden Schlüsselbund das Tor aufschließt und einem die Freiheit gibt, einem bleichen, hageren Burschen im hellen Sommeranzug und Strohhut. Der zieht frierend die Schultern hoch, steckt die Hände tief in die Hosentaschen und sagt: »Joldene Freiheit, wie blickste mir an! Nee, Justav, so wat machste nich wieder!« Und damit stutzt er mit langen Schritten stadteinwärts. Der Schließer aber begrüßt die Dame mit den Worten: »So, bist scho wieder da, Kathi! Nur 'reinspaziert!« und sagt dann zur Hanni: »Wollen Sie auch 'rein?« Die fährt erschrocken zusammen. »Jaa ... dees hoaßt ... i muaß zum Herrn von dem Haus. I hab eppas zum ausrichten.« – »Aha. Also, dann gehn S' nur aa glei mit.« Drinnen in der Wachstube des Pfört-

ners wird das feine Fräulein sogleich als alte Bekannte begrüßt und einer Aufseherin überwiesen. Die Hanni aber weist den Totenschein des seligen Weinzierl vor und sagt: »Ich muaß mit der Weinzierlfranzi redn. Ihr Mann is gstorbn, gestern.« Man stellt sie dem Inspektor der Anstalt vor; dann wird sie in eine Kammer geführt, die durch ein hohes Gitter in zwei Hälften getrennt ist. Sie setzt sich fiebernd und zerschlagen auf einen Stuhl. Ein Schaudern erfaßt sie wieder, da sie daran denkt, daß sie vielleicht schon in wenig Tagen auch hier sein muß – als eine Bestrafte, eine Büßerin. Aber dazwischen kommt ein trotziger Grimm über sie. ›Für was eigentli? Wegen was sperrn s' di ein? Was hast denn gar to? A paar fremde Mannsbilder hast a bißl scharf anlassen, weilst es net kennt hast, daß s' gwappelte gwen sand! Ah was! ...‹
Eine Tür wird aufgeschlossen, eine robuste Wärterin mit harten Zügen und stahlgrauen Augen tritt mit der Gefangenen ein. Die Franzi wird bleich und rot; Angst wechselt mit dem Gefühl der Scham, hier hinter Schloß und Riegel, hinter Gitterstäben und im Beisein eines Dritten weiß Gott was hören, reden zu müssen. Aber die Hanni spürt, wie es der Franzi ist; sie würgt an ihrem Mitleid, Zorn und Schmerz, drückt die notpeinliche Verlegenheit nieder, die sie beim Anblick ihrer Hausmutter befällt, dabei sie an die Legend vom lieben Christusherrn denken muß, wie er vor dem Herodes stund; und sie sagt: »Franzi, du hast gsagt, wenn amal was is ... i muaß dir sagn ... daß dei Mo ... der Kaschba ... gestern ... ruhi ... und guat ... hoamganga is. Am Sunnta werd er eingrabn.« Es ist aus mit ihrer Fassung. Da drüben hinter diesem Beichtstuhlgatter, da steht die Wittib, wie eine schmerzhafte Mutter unterm Kreuz, schlägt die Händ vors Gesicht, läßt sie wieder sinken und sagt endlich mit einer fremden, toten Stimm: »Der Vater. Mei Kaschba. Nachher san ma jetz alloa.«

Die Aufseherin unterbricht sie mit einem Wort des Beileids. Und meint darnach: »Mei, grad recht leicht wird er kaum gstorbn sein, Eahna Mann! Wenn man bedenkt, die arma Kinder, und d' Frau da herin ...«
– »O du ...« Beinahe wäre der Hanni ein Wort entfahren, das ihr gewißlich eine Woche Aufenthalt in diesen Mauern eingebracht hätte; aber sie schluckt 's hinab. »Wennst was Bsonders hättst, Franzi: an Wunsch oder was; sag mirs. Was i toa kann, tua i.« Die Weinzierlin schüttelt den Kopf. »Naa, Hanni. Werst scho alles recht macha. A Sträußerl Rosen kaafst eahm, für mi, und a Meß laßt eahm lesen. Ja, wenn i's Geld hätt! Aber mei. Unseroana is und bleibt der Depp. Im Lebn und im Sterbn. Aber dees macht nix. Dafür gehts die reichen Leut besser. Geh, Hanni, gehn ma wieder. I mag net grob sein. Wenn oana an Geldsack scho in d' Wiagn nei kriagt, kann er so weni was dafür, als wia oana, der an Buckel mit auf d' Welt bringt, oder an Kopf ohne Verstand. Mach dei Sach guat. Am Samstag acht Tag bin i wieder frei. Frailn Maier, führn S' mi wieder auffe, bitt schön. Pfüate Good, Hanni. Schaug auf meine Kinder ...« Ein hartes Weinen schüttelt sie, da sie geht. Die Hanni macht sich still auf den Heimweg.

Der Weinzierl ist zur Erden bestattet mit dem Gepräng und den Ehren, die ihm gemäß der Klasse, für die bezahlt wurde, zukamen. Und die Hanni begleicht die Totenrechnungen, bindet den Kindern schwarze Halstüchlein um, fegt das Haus von unten bis oben und geht danach wieder zum Handeln wie zuvor. Bis endlich die Weinzierlin kommt und ihr die Geldtasche samt dem Karren abnimmt, indem sie sagt: »Is mir lieber, wannst du dahoam bleibst bei die Kloana. Du konnst mit der Hausarbeit besser umgehn, und i mitn Handeln.«
So hätte denn die Hanni ihr Heimatl, ihre Erdäpfel mit der Brennsuppen und ihre Arbeit. Aber wie es halt so ist

im Leben: hat einer den Strick, so möcht er den Esel dazu, und hat er den Esel, so möcht er ein Roß. Und da die Hanni das Häflein hat, möcht sie auch eine Wurst darein. Oft steht sie an dem Guckloch des hochgiebeligen Schindeldaches oder droben auf der Höhe des Fischerberges, schaut mit brennenden Augen über die großmächtige Münchnerstadt hin und seufzt: »Ja, ja. Wer da drin an Orts so an Palast hätt! A rare Hoamat und a Geld und a Ansehng bei die Leut ...« Wohl ist sie ihrer Hauswirtin dankbar für die Aufnahm, für das Vertrauen, wohl kommt sie sich da draußen in der altmodischen Vorstadt mit ihren gemütlichen Häuslein und Hütten, mit ihren Gassen und Winkeln und dem grünen Wasser, das sich mittendurch schlängelt, schier wie daheim vor; aber in ihr bohrt der Ehrgeiz, das Verlangen nach Wohlstand und Ansehen. Und sie überlegt schon, wie sie einen Vorwand fände, der Weinzierlin den Pfüagott zu geben.
Da schickt sichs, daß sie eines Tags in ihrem blauen Festgewand eine Karte findet, die ihr das Blut gählings in die Schläfen treibt: jene vornehme Visitenkarte mit dem Namen des Barons im Pelzrock, der ihr die Blumen alle abnahm und so freigebig bezahlte. Sie starrt auf die Adresse. Wenn nun der Weg zu ihrem Glück durch diese Straße führte? ... Vielleicht sollte man einmal hingehen? ... Blumen bringen und sagen ... ja, was sollt man sagen? ... Man hat sich nicht getraut ... Ein leises Lachen überkommt sie bei diesem Gedanken. »I – mir net traun! I trau mir scho! I geh zum Sparrigankerl selber, wenns sein muaß, wenn mei Glück davon abhängt!« Aber da ist eine Stimm, die warnt und ratet ab davon: »Geh nit hin! Tus nit!« Und die Hanni geht zwiespältig mit sich selber herum und kommt zu keinem rechten Fürnehmen.
Derweil aber rollt der Stein, den sie in derselbigen Nacht so grob und hitzig gegen jene Männer vom Gesetz hinwarf, seinen Weg dahin und liegt ganz unversehens mit-

ten in ihrer Bahn als Urteilsspruch, der sie für dreimal vierundzwanzig Stunden hinausschickt in eine jener Zellen, darin heute eine ihr Unglück beweint, morgen sich eine ihrer Bosheit freut und übermorgen vielleicht eine fragt: »Warum? Was hab ich getan?« Und auch die Hanni steht eines Tages in jenem Raum, in dem die Kleider und das Eigentum aller eingeschlossenen Frauen und Mädchen verwahrt sind; und wie zuvor zu der, die hierherkam, weil sie ihr Kind zu einem Krüppel schlug, wie zu der Dirne, die einem Gimpel seine goldnen Federn ausrupfte, wie zu der verwegenen Landstreicherin, die mit ihrem Genossen und Geliebten in Gehöfte einbrach und von Betrug und Diebstahl lebte, so sagt die Aufseherin nun auch zu ihr: »Ihren Namen! – Wie lange haben S'? – D' Stiefel runter! – D' Strümpf ausziehn! – D' Haar aufmachen! Auskleiden!« Hoch bäumt sich etwas auf in ihr; es mag wohl Stolz sein, Scham und ein verletztes Ehrgefühl. Doch: Du bist ein Sträfling wie jene andern! sagt sie sich; jetzt hat Gottes Mühl auch dich zwischen die Mahlsteine genommen! Jetzt kommt die Straf für deinen Hochmut in Öd! Die Aufseherin durchsucht ihr die Kleider, die Wäsche, die Strümpfe, das Haar. Danach heißts: »Wieder ankleiden!« Ein Paar Pantoffeln, ein Handtuch und ein deckelloser Steinkrug sind ihre ganze Habe, die sie mitnimmt in die einsame Zelle mit dem hochgeschnallten Strohsack, dem Tischbrett und der Bank. Schlüssel rasseln, Riegel schlagen, das hohe Gitter auf der Treppe scheppert: die Hanni ist Gefangene, eine Zellennummer, wie die andern, neben ihr, über ihr, unter ihr.

Nach einer Zeit tönt abermals der Lärm des Schlüsselbundes, das Stoßen der Türriegel. »Kübel raus! Krug raus!«

Bleiche Gesichter, freche, trotzige Mienen, vom Weinen verschwollene Augen, graue Büßerkittel, feine Schlaf-

röcke: Für einen Augenblick huschen bunt zusammengewürfelt die Bewohnerinnen des Stockwerks aus ihren Zellentüren; mit scheuer Neugierde wandern schnelle Blicke den Gang hinauf, hinunter, und flüchtig werden hier und dort mit Augen und Händen Zeichen geheimen Einverständnisses gewechselt, indes zwei grobgewandete Mädchen Wasser in die Krüge füllen und das Brot verteilen und eine finster schauende Aufseherin alles bewacht, beobachtet, hier eine Erkrankte für die Sprechstunde beim Arzt vormerkt, dort ein Versehen rügt, eine Gefangene scharf anläßt und schließlich klappernd und rasselnd eine Zellentür um die andere zuschlägt und verriegelt.
Die Hanni hockt stumpf auf ihrem Bänklein; wie ein harter Traum kommt ihr das Ganze vor. Aber wieder und wieder schreckt sie das Geklirr der Schlüssel, das Schlagen der Riegel und Türen auf; und da plötzlich eine Klappe in ihrer Tür laut schallend geöffnet wird, springt sie mit einem dumpfen Schrei in die Höhe und fährt sich an den Hals. Doch ist's bloß abermals eine Aufseherin und zwei Gefangene, die das Essen verteilen, eine dicke Erbsenbrüh mit einem schwarzen Brotknödel. Die Hanni berührt es kaum. Sie stützt die Arme auf den Tisch und schaut durch den kleinen Spalt des halb geöffneten Fensters hinauf in das Stücklein Himmel, in die jagenden Wolken, die durch die dicken, schwarzen Gitterstäbe noch blendender, weißer erscheinen.
Rrumm! »Gschirr raus!« Mit müden Schritten trägt die Hanni ihre Schüssel hin zur Türklappe. Eine Hand nimmt sie weg, und eine derbe Stimme sagt: »Nummer achtundzwanzig hat auch nix g'gessen!« – Nummer achtundzwanzig – ›bin dees net i?‹ denkt die Hanni; da erscheint auch schon der Kopf der Wärterin in der Türklappe. »Warum essen Sie nicht?« – »Weil i net kann.« – »Warum nicht?« – »Weil i koan Appetit net hab.« – »Aha!

Koan Appetit hat s' net! Da kann man abhelfen: heut nachmittag tun S' Böden abreiben, dann wird's Ihnen morgen schon besser schmecken!« Rratsch. Die Klappe ist zu.

Eine Weile ist es still auf dem Gang. Nur von ferne hört man Klappern, Bürsten, Wasser schütten. Dann werden wieder Tritte laut. Und jemand rollt leise summend Fässer oder Blechtonnen vor die Zellentüren. Irgendwo schwatzen und lachen Frauen, vielleicht Aufseherinnen. Und dann ist wieder Stille; eine schwere, beengende Stille, die durch nichts unterbrochen wird als durch das klagende Läuten der Mittagsglocke drüben in der Kirche, durch den dumpfen Laut einer zugeschlagenen Tür in einem andern Stockwerk, durch einen schrillen Schrei, ein lautes Weinen.

Endlich klirren wieder die Schlüssel, knarrt das Gitter, kommt Leben in das Haus. Die Zellen werden geöffnet. »Kübel 'nei! Anstellen in den Hof!« Da kriechen sie aus ihren Zellen wie die Schnecken aus den Häuslein! Hier humpelt eine dürre, bucklige Alte mit einem winzigen schneeweißen Haarschwänzlein, durch das eine große Beinnadel gesteckt ist, die wohl gewohnt war, einen schweren Zopf oder ein Gesteck aus Roßhaaren zu halten. Die große Hakennase macht das faltige Gesicht schier hexenhaft, und die Augen blitzen giftig von der Aufseherin zum Gitter. Daneben tritt eine große, stattliche Dame in Trauerkleidung aus einer Tür, und sie schaut scheu von einem Gesicht zum andern, ob nicht jemand da ist, der sie erkennen möcht. Ihr gegenüber lehnt eine einäugige Bauerndirn mit pichigem, rotblondem Haarschüppel in ihrer grauen Sträflingskutte und schmutzigweißen Strümpfen an der Mauer, bohrt in den Zähnen und betrachtet gelangweilt das Getriebe um sich her.

Die Hanni geht gedrückt zu dem Häuflein, das am Gitter steht, und sie schielt verstohlen hin zu den andern Gefangenen; zu der kleinen schwarzen Frau im roten Schlafrock mit ihren lebhaften Augen und dem hochfahrenden Wesen; zu der alten gebeugten Mutter mit dem bunten Kopftuch und der tröpfelnden Nase; zu den beiden jungen Mädchen mit den frischgekräuselten Locken und den herausfordernden Gesichtern, zur Aufseherin, die mit kalter, strenger Miene vor dem Gitter steht, mit den Schlüsseln klirrt und ungeduldig mit dem spitzen Schuh den Boden tritt. »Wird's bald?! Wollt ihr euch ordentlich anstellen da vorn! Marsch, vorwärts jetzt!« Das Gitter öffnet sich, und stumm gehen die Paare hinaus ins Freie, in ein kleines Viereck mit hohen Mauern, etlichen knospenden Sträuchern und einem jungen Grasfleck in der Mitte. Und die Paare lösen sich auf; immer eine hinter der andern, jede durch einen Zwischenraum von ihrer Vordnerin getrennt, so beginnt der Umgang. »Abstand halten! Was haben denn Sie zu gaffen! – Wer schwätzt da! Sie, da hinten! – Wissen Sie nicht, daß Winken und Zeichengeben verboten ist! – Nachgehen da drüben! – Abstand da herüben!« Die Hanni tappt stumpf und gleichgültig hinter der zwerghaften, verkrüppelten Gestalt mit dem großen, knochigen Schädel und dem faltigen, leberflekkigen Gesicht drein; und sie sieht gar nicht, daß diese schon eine Weile scheinbar den härwenen Rock rückwärts hochhebt, um ihn nicht zu beschmutzen, wenn sie in die vielen Wasserlachen patscht, in Wirklichkeit aber mit großer Behendigkeit mit den Fingern Zeichen macht, die nur ein Eingeweihter kennt. Da tönt's plötzlich an ihr Ohr: »He da! Sie von Nummer achtundzwanzig! Was haben Sie da für eine Unterhaltung mit Ihrer Vordnerin?« Die Hanni fährt erschrocken zusammen; ihre Gedanken waren weit weg, in einer armen Hütten in Öd, bei ihrer alten Wabn ... Da kommt abermals die barsche Frage: »Was haben Sie eben verhandelt mit Nummer sechzehn?« – »I? Gar nix! I kenn ja gar neamd da herin ...« – »Aha!

Gar nix! Sie kennt niemand! Raus da, alle zwei! Sie da! Was haben Sie eben der Gefangenen da für ein Zeichen gemacht?« Die Leberfleckige schaut dreist von der Aufseherin zur Hanni und von der Hanni hin zu einer rothaarigen Dirn mit frechem Wesen. »I? Mit dera? Dees taat i scheucha! I hab grad meiner Freundin an Servus zuagwunken!« Worauf die Rothaarige sofort ungefragt dazwischenfährt: »Teats enk fei nix! Daß ma si fei nimmer grüaßen derf, da herin. Da kannts weiter net zuageh!« Die Hanni schnauft erlöst auf. Die Aufseherin aber läßt die beiden bös an und übersieht darüber ganz, daß unterdessen die Abstände zwischen verschiedenen immer kleiner werden, daß da und dort die Hände und die Augen reden, ja, daß sogar geflüstert wird! – »Wia lang hast? ... Wo bist? ... Numero? ... Wann wirst frei? ... Wennst mein Altn siechst, sagst eahm, i laß 'hn grüaßn ...« Unterdessen kann die Hanni wieder eintreten; die beiden andern aber werden immer frecher, immer schnippischer in ihren Antworten, bis die Aufseherin plötzlich zur Tür geht und scharf läutet. Es erscheint eine andere Wärterin, und die Weiber werden augenblicklich abgeführt. Und die in der Reihe flüstern: »Jetz gibts ›Dunkel‹ und Kostabzug!« Blicken scheu den beiden schreienden und schimpfenden Mädchen nach und schlurfen gedankenvoll ihren Weg weiter, bis es heißt: »Anstellen!« Da kehren sie zu Paaren wieder zurück in ihre Zellen und machen andern Platz zur Promenade.

Nun beginnt die Arbeit, das Bödenreiben. Die Hanni wird mit noch vier anderen von einer Wärterin zurückgeführt in einen Raum, wo Putzzeug aller Art vorhanden ist. »So, Maidli! – Nehmet nur eir Sach! – 's isch alles da, was d' ihr brauchent! – Allens! Allens! – Machent e bissele rascher, ihr säumige Schlämpli! – Bis ich wiederkomm, will ich epps Gschafftes sehe! – Und daß d' ihr mir ja grindlich schrubbe wellet! Sonsch laß ich eich das ganze Werk nomahl beginne! – Allens! Allens! – Nit so säumselig! – Die Arm a bissele brauche, ihr Gschößli!« Sie steht noch eine Weile und sieht der Arbeit zu, geht dann leise von Tür zu Tür und schaut durch das kleine Guckloch, sperrt unvermutet eine Zelle auf und ruft zornig: »Nix wird gschlafe! Uf der Bode flakke am helle Tag, sell könnt 'ne passe! Her da zum Schrubbe! Zum Schlafe braucht mer die Nacht! Bei Tag mueß mer schaffe!« Damit läßt sie die Gefangene gleichfalls einen Wuschel Stahlspäne nehmen und heißt sie fleißig mitarbeiten. Dann geht sie langsam zum Gitter, schließt hinter sich ab und ist verschwunden.

»Alleluja Löffelstiel, alte Weiber schwätzet viel ...« murmelte eine der Putzerinnen. »jetz ham mir unsern Grüabigen für a halbe Stund! Herrgott, meine sechs Wochen wenn amal um sand ...« – »Nachher zahlst an Rausch, gell!« ergänzt ihre Nachbarin, die Einäugige. Aber: »Da wirst di schneiden! Den sauf i mir scho selber an!« erwidert die erste, eine dicke Person von vielleicht dreißig Jahren. »Du bist aa net so nobel, daß d' amal an Taler springa liaßest!« – »Was? I! Auf an Taler gehts mir gar nia net zsamm! Da kann mi a jeds beim Wort nehma!« Eine robuste Alte mischt sich ein. »Dir schneibts gwiß 's Geld, oder findst es auf der Straßen?« Die Einäugige schmunzelt. »Kannst gar net so unrecht habn! I hab scho hie und da oans gfunden.« – »Auf der Straßen?!« – »Ja, auf der Straßen.« – »Du?!« – »Ja, i.« – »Mit dem Kopf!« – »Warum?« Die Einäugige fährt in die Höhe. Die Alte betrachtet sie eine Weile aufmerksam und meint dann mit großer Geringschätzung: »Naa. Mi drahst net o! So farbenblind san nachher d' Mannsbilder do no nett« – »Di schaugt freili koana mehr o!« – »Brauchts aa net. I hab mei Sach.«

Eine Jüngere mischt sich ein: »Aber ihr habts amal an damischn Dischkurs! Dees Mannsbild möcht i kenna,

dees wo sein Madl 's Geld glei häufaweis nachschmeißt, der mei is net so dumm!« – »Aber du bist, scheints, no ganz dumm!« meint die Einäugige. »Warum hängst di denn hi an oan, der nix hat? Muaß 's denn grad der sein? Als ob net a andere Muatta aa wieder a liabs Kind hätt! Naa, mei Liabe: zwegn oan Mannsbild traurig sein, dees fallt mir gar net ein! Allweil überecks, überecks – alleweil fünf, sechs!« – »Wia machst nachher du dees, daß si so viel ohängen?« Die Einäugige lacht belustigt. »Wia i dees mach! Ja, gibts denn dees aa, daß oans no so dumm is! Paß auf, i zoag dirs amal, wenn i wieder in Freiheit bin!« Die Dicke aber meint: »Zoags uns nur jetz glei! Mir möchten aa was profitiern davo!« – »Dees könnts enk denka! Wenn nachher grad 's Auge Gottes daher kommt, nachher hoaßts: Drei Tag Dunkel!« Aber die andern hören nicht auf zu betteln. Und die Alte deutet auf die Hanni. »Da is oane, die soll derweil luren, ob wer kommt. Di soll si derweil ans Gitter stelln!« Die Hanni schüttelt den Kopf. »Naa, so was mach i net. Zwegn dene drei Tag, die ich hab, is 's net der Müh wert, daß i mir an Dunkelarrest hol. So an Schlüsselbund hört man von da aus aa scheppern.« Ein höhnisches Lachen ist die Antwort darauf. »Aha! A Greane! Die hat ihre ersten drei Tag Eiskasten! Na, bals amal öfter da war, vergehts ihr scho besser, 's Zwirma!«
Die Einäugige wirft ihren Wuschel weg und steht auf. »Also paßts auf, nachher zoag i 's enk, wia ma Gimpel fangt!« Sie bewegt kokett ihren Kopf, zwinkert mit dem Auge, reckt sich, macht sich elegant in der Erscheinung, indem sie aus den Pantoffeln schlüpft, sich auf die Zehen stellt, die Büste zur Geltung bringt und sich in den Hüften wiegt. »Das is doch furchtbar einfach!« sagt sie. »Da geht ma fesch austapeziert mit Federnhuat und Lackschuah durch d' Neuhauserstraß, stellt si beim Oberpollinger an a Straßenlatern, schwingt 's Handtascherl und

hebt ’n Rock, daß ma d’ Spitzerl siecht. Kommt nachher so a Stieglitz daher, nachher brauchst bloß recht freundlich schaugn, mit die Augndeckl z’ winkn und« – »Vorsicht! Strohhalm! Der Schlüsselbund!« flüstert im selben Augenblick eine der Putzerinnen; und alles schrubbt und reibt, daß der Staub fliegt. Aber es ist nichts Gefährliches. Die Aufseherin eines andern Stockwerks stellt außerhalb des Gitters einen Arbeitskorb nieder und geht wieder. Also kann die Unterhaltung gut noch fortgesetzt werden. Und die Alte meint: »Du bist gwiß deswegen da, zwegn die Augndeckl?« Die Einäugige erwidert sehr von oben herab: »Da werst di aber täuscht habn! Dumm wer i sein! Naa, i bin bloß da, weil i an Geldbeutl gfunden hab!« – »Ah so!« – Alle schmunzeln. Nur die Dicke bleibt ernst und meint: »Ja ja. Wias halt geht. Bin i jetz fünf Jahr Kellnerin beim Mathäser und muaß mi rein zwegn nix und wieder nix zwoa Monat da ’reihocka! Bloß weil i an den Kerl a bißl mitn Maßkrug hinkomma bin ... wo er behauptet hat, i hätt ’hn bschissen um a Markl! Körperverletzung! Dem hats gar net gschadt, daß er a bißl was verlorn hat von seim boshaftn Bluat! Und überhaupts, i bin ja net amal richtig dro hinkomma, an sein Wasserkopf!« – »Mei, es gibt halt überall a Ungerechtigkeit auf der Welt«, sagt da die Alte; »geht mir aa net anders. Drei Scheitl Holz hab i weg von an Lagerplatz; sechs Wocha habn s’ mir auffeghaut. Und der ander, der scheene Herr Baumoasta, hat mir aa no dees ganze Holz wieder gnomma! Trotz ’m Einsperrn! Und hätt ma den ganzen Winter so schee brenna könne dro!« – »An dene drei Scheitl.« Die eine sagts, die zuvor beim Schlafen erwischt wurde. Die Alte wirft ihr einen giftigen Blick zu. »Di wern s’aa net zwegn an Rosenkranzbetn da ’rei habn!« – »I woaß’s net. Wenn a Widerstand dees nämliche is, nachher scho.« Ein Widerstand! Die Hanni horcht auf. Und sie getraut sich zu fragen: »Habts ees aa an Schandarm beleidigt?« –

»I? Naa. Aber a paar Schutzleut.« Und dann erzählt sie, daß sie an Dienstboten Stellen vermittelt, daß sie grad jetzt das beste Geschäft gehabt hätte und die schönsten Plätze. »Was moanst denn, was mir dees für a Schadn is!« sagte sie. »Jetz sollt i fürn Mohrenwirt zwoa Kellnerinnen suacha und fürn Martlbräu a Küchenmadl, fürn Schlickerwirt a Zimmermadl ...« Die Schlüssel klirren, die Aufseherin kommt. »Ei, ischts nur meeglich! Die Frauenzimmer hent no nit gar! Wie lang wellet ihr denn da no rumknocke, ihr lahme Flitschli! Allens jetzt, oder es geit e Dunnerwetter!« – »Wenn mir a so tean, was mir könnan!« murmeln ein paar der Putzerinnen; die Hanni aber schrubbt und werkt und hat etwas im Kopf, das geht herum, wie ein Mühlrad: ... fürn Martlbräu a Küchenmadl ... fürn Schlickerwirt a Zimmermadl ... Daß doch die drei Tag schon um wären!

Aber da ist eine lange Nacht auf hartem Lager – und ein langer Tag und noch zwei Ewigkeiten schier, bis endlich der Riegel für sie zum letztenmal zurückgestoßen und die Zellentür geöffnet wird; bis die Aufseherin da drunten in der Kleiderkammer wieder sagt: »Ausziehen! Wieder ankleiden!« Bis sie den Zettel in Händen hat gleich einer Quittung, daß sie ihre Schuld gebüßt, gezahlt hat. Bis sie endlich wieder außerhalb des hohen Gittertores auf der Straße steht, tief Atem schöpft und schließlich wie erlöst von dannen geht, ihrem Heimatl zu, drunten in der Au.

He juche, is der Graf z' Irlbach gstorbn,
He juche, mitsamt seine Knecht;
He juche, jetz kunnt i Graf z' Irlbach werdn,
He juche, wann mi d' Frau möcht!«

Die Hanni geht singend durch die Gassen, hinauf zum Martlbräuwirt. Leise summend tritt sie ins Haus,

betrachtet im Hof die vielen Bauernfuhrwerke, schaut dem Hausknecht zu, wie er ein Roß eingeschirrt, und sucht danach die Küche.
Da steht die feiste Wirtin eben an dem großmächtigen Herd und kostet die Speisen, wobei sie sagt: »Salz her! Essig her! Da is ja koa Saft und koa Gschmach drin in dem Bifflamod! Dees schmeckt akkrat so fad, wias du bist, du zwiders Frauenzimmer! Du waarst no so a Köchin! Da kann amal oana a Freud habn, wenn er di kriagt, du fade Nockn, du fade! Geh, mach, daß d' mir aus der Küch kommst! 's Blaukraut is net gsalzen, die G'röst'n habn koane Rammerl, der Salat is lauter Gnatsch ... geh zu dein Schepperkasten nauf, is mir liaber! Lern dein Walzer, daß d' was konnst, wenn amal der Kriag gar is!« Das Mädchen, ein blasses, hochaufgeschossenes Ding von vielleicht sechzehn Jahren, zieht der Wirtin den schweren silbernen Schlüsselhaken aus dem Schürzenbund. »I brauch d' Schlüssel! Bei dir kann ma überhaupt nix recht macha! Oamal is dir z' süaß kocht, und oamal z' sauer. Da bin i scho liaber beim Vater in der Schenk drin. Oder in der Stund. Übrigens, was i sagn möcht, Mutter: A neue Operette is wieder gspielt wordn! Die schau i mir an, und wenns was is fürs Klavier, nachher kaaf i mirs, gell?« Die Wirtin rührt heftig in der Grießsuppe herum. Jetzt schielt sie ein wenig hin zu ihrer Tochter. »Soo, a neue Operettn, sagst! Die schaugn mir uns an, jawohl. Kathi, richten S' d' Teller und d' Plattl her, und schneiden S' an Schnittlauch für d' Suppen! Fanny, läuten S' der Kellnerin, daß i ihr's Essen ansag! Fräulein, was möchten S' denn?« Sie schaut forschend nach der Hanni, die schüchtern an der Tür steht und einen Grüaß Good herauswürgt. »D' Verdingerin hat gsagt, Sie brauchen wem zu der Arbat, da in der Kuchl ...« – »Naa, sag i! Seit drei Tag wart i scho drauf, daß s' mir oane schickt! Heut hätt i mir um a andere Verdingerin gschaut!« Sie betrach-

tet die Hanni mit scharfem Auge. »San Sie scho lang in der Stadt?« – »Naa, i komm vom Land«, erwidert diese und befolgt damit einen Rat der Weinzierlin, die noch vor ihrem Weggang sagte: »Wenn s' di ums Dienstbüacherl fragn, nachher sagst, du hast no koans, und du bist vom Land. Dees hört jede gern.« Damit hatte sie nicht unrecht, denn die Wirtin mustert ziemlich wohlwollend das ganze Äußere der Hanni und sagt dann: »Aha. Vom Land. Wo sand S' denn her? – Soo, von Öd bei Aibling. Wie alt? – Vierazwanzg. Aha. Was verlangen S' denn Lohn? – Fünfazwanzg Mark! Dees is a bißl viel! I zahl eigentli koana mehra wia zwanzg. – Aber da kann ma ja no redn drüber. – Sagn mir halt jetz amal: zwanzg Mark, kassenfrei und an Liter Bier im Tag. Und d' Arbeit: 's Gmüas putzen, 's Fleisch herrichten, der Köchin flink in d' Händ arbatn, der Hausmagd helfen und an Metzger helfen. Können S' glei dableibn?« Die Hanni meint: »Mei Sach hätt i halt no holn müassn.« Aber die Wirtin sagt schnell: »Dees soll Eahna nachher der Hausl holn. Is's weit? – Am Fischerbergl? Bei der Quellngassen drübn? – Ja, ja, dees geht scho. – An Schurz kann Eahna ja d' Frieda gebn. Wia hoaßen S' denn? – Hanni. Soo. Also. Frieda, an Schurz für d' Hanni! Nachher zoagn S' ihr glei die Keller, 's Schlachthaus, 's Fleisch, d' Speis und eure Zimmer. Und dann kann s' glei die Ranna hobeln und Kartoffel schäln.«

Die Tochter der Wirtin steht immer noch mit dem Schlüsselbund an der protzigen Silberkette da, betrachtet die Hanni neugierig und läuft dann eilends hinein in die Gaststube zum Wirt: »Vata, jetz ham mir schon a Küchenmädl. Hanni heißts. A ganz netts Madl. I glaub, die kann i guat leidn.« Also tritt die Hanni ihren neuen Platz an und denkt: ›Wird schon gehen mit Glück und Geschick, und vielleicht hängt's jetzt doch auch einmal wieder auf die gute Seiten.‹

Die Karwoche ist vorbei mit ihren Trauermetten und Bußpredigten, mit ihren Fasttagen und Fischgerichten; man läutet die Auferstehung unsers Herrn mit allen Glokken ein zu Sankt Ludwig und Sankt Kajetan, im Damenstift und vom Dom unserer lieben Frau. Und es folgt das eherne Geläute von Sankt Peter und von Paul, von Matthäus und Sankt Markus, von Lukas und Johannes. In den Läden stehen die Osterhasen und die Zuckerlämmer mit ihren Fähnlein, und in den Wirtshäusern hocken die Arbeiter, schimpfen auf die Feiertage, auf den Krieg, auf alles, was nach ihrer Meinung Ursache ist zum Klassenunterschied, zur Armut und zur Notwendigkeit der Arbeit; schimpfen, brummen und trinken, und gehen zum Metzger, wo sie sich so ein, drei, vier Pfund Schweinernes oder Kälbernes kaufen als Osterbraterl: weil's gleich is, weil der Arbeiter alleweil der Hanswurscht is! Auf den Bahnhöfen wurlt's und wimmelt's von Soldaten, fortziehenden und heimkehrenden, von lachenden Frauen, weinenden Müttern; und über dem ganzen österlichen Getriebe der Münchnerstadt schwebt der laue Hauch des Frühlings und eine stille Sehnsucht nach einer friedlichen, glückhaften Zeit.
Droben beim Martlbräu platzen die Knospen der Kastanien, treibt der Flieder seine Dolden, gurren die Tauben auf dem Dach der Stallungen. Und die Hanni steht mit heißem Gesicht und geröteten Armen am Herd, wendet den Braten, rührt die Brüh, klappert mit den Deckeln und wischt an den Tellern, indes die Wirtin den goldenen Zwicker auf die dicke Stumpfnase setzt, die Zeitung durchblättert und nebenbei zufrieden nach der Hanni schaut, wie sie schafft und werkt, ein heiteres Gesicht macht und doch alles unter ihre Fuchtel zwingt, sogar die Köchin, die Frieda.
Eben kommt der Metzger aus dem Schlachthaus in die Küche, trägt eine große Mulde mit Nieren, Lebern,

Fleisch und Milzwürsten zur Anricht und sagt: »Jetz bin i fertig. Da sand no zwoa Schweinslebern zu der Suppen auf morgn. Wer hilft mir 's Schlachthaus z'sammräuma?« Die Frieda fährt ihn ungnädig an: »Dees können S' Eahna denka, daß mir heut für Eahna Zeit habn! D' Marie muaß draußen im Garten d' Tisch und d' Stühl putzen und aufstelln, und d' Hanni muaß mir d' Leber wiegn zu der Suppen! Werden S' Eahna scho alloa a net z' weh toa, denk i!« Die Wirtin schielt über den Zwicker weg zu den beiden hin. Und zwischen den Brauen graben sich ein paar unmutige Falten ein. »Weils nur scho wieder streiten müaßts!« Da sagt die Hanni: »I werd leicht fertig mit meiner Leber! Wenns Eahna recht is, Frau, nachher hilf i an Hans schnell zsammputzen.« Die Falten sind verschwunden, die Wirtin nickt bejahend und befriedigt. »Ja, Hanni, helfen S'. Was gschehgn is, is gschehgn. Nachher kommt er in d' Schenk, der Hans. Mei Mann sitzt si aa gern a bißl nieder.« Der Frieda fährt die Röte des beleidigten Stolzes übers Gesicht. »Vo mir aus konn s' ja helfa, d' Hanni! Vo mir aus tuat s' überhaupt glei alles! Mei Arbat aa! Mi gfreuts a so nimmer! Wann i Eahna nimmer paß, nachher derfan S' es grad sagn, Frau! I kann ja geh aa!« Die Wirtin wirft die Zeitung weg und reißt den Zwikker von der Nase: »Jetz is halt scho wieder Feuer am Dach! Nachher gehn S' halt! Vo mir aus zum Teife! So a fade Bries krieg i alleweil wieder, wia Sie sand!« Aber die Hanni meint: »Dees brauchts do net, Frau! D' Frieda moants do gar net a so! Sie siecht si halt mit der Arbeit net recht naus! Aber mir werdn scho ferti! Vorwärts, Hans, schnell a Wasser in den Kübel! Bis mir lang schwatzen, ham mirs!«

Der Metzger schmunzelt: Herrschaft, die verstehts! Das ist ein Leut! So eine als Frau kriegen, in so ein Gschäftl, wie der Martlbräu! Da gäb der Alt daheim gern seinen

Segen und die notwendigen Pfandbriefe dazu! Dann bräucht man als reicher Bauernsohn nimmer andern Leuten in den Sack hausen! Man hätt selber sein Sach und seine Familie! Er schleppt das heiße Wasser hinunter ins Schlachthaus. Die Hanni folgt mit Seife und Bürste, Sand und Putzhadern. »Hanni!« – »Was is's?« – »Du gfallst mir.« – »Soo. Dees is freundli von Eahna.« – »A so a Weiberl kannt i glei braucha.« – »Aber i no koan Mo.« Sie beginnen zu wischen, zu putzen und zu fegen, zu kratzen und zu kehren. Und der Bursch beginnt wieder: »Hanni!« – »Ja, was is's?« – »Gell, dees gfallt dir gar net, daß i a gläserns Aug hab?« – Die Hanni erschrickt. Denn schon etliche Male hatte sie den sauberen, nicht unebenen Burschen still betrachtet und gedacht: Wenn er net grad a Metzgerbursch wär und wenn er net a Glasaug hätt ... nachher wär er gar net so übel, der Hans. – »Warum? Dees konn doch mir ganz wurscht sein, was Sie für Augn habn!« Sie werkt und schrubbt, daß alles schäumt und spritzt. »Is dei Schatz aa in Kriag, Hanni?« – »Was is's? I hab koan Schatz!« – »So sagt jede!« – »Dees kann scho sein vo mir aus! Aber i hab koan! I kunnt gar koan braucha. Weil i den do net kriag, den i möcht.« Der Bursch horcht auf. »Was möchst nachher du für oan?« Die Hanni lacht. Ihr helles, lustiges Lachen. »Mei, dees is glei gsagt: Der mei muaß amal sauber sein, richtig sein, a Geld habn, und a Schneid, daß ma zu was kommt. Denn i brauch a Haus und a Kuah und a guats Millisupperl in der Fruah ...« Der Metzger schaut ihr begehrlich ins Gesicht. »Du verlangst freili viel. Aber wenn jetz i dees alles hätt, was du verlangst ...« – »Sie! Was i verlang! Mei Liaber, Sie hätten dees gar nia, was i verlang! Sie gwiß net!« – »Warum net?« – »Fragn tuat er aa no! Der oaschichtige Metzgerbursch, der Deanstbot! Mei Liaber! A Deanstbot bin i ja selber! Also brauch i oan, der mi draus erlöst! Der mi zu ana Frau macht! Naa, Freunderl, dees schlagn S' Eahna nur glei wieder ausm Kopf! Mit uns zwoa is's nix; ganz gwiß nix.« So sieht eine Absag aus. Eine richtige Absage. Und doch ist der Hans nicht zornig, nicht gekränkt. Er schweigt, räumt seine Messer auf und pfeift danach einen Landler. Und denkt bei sich: ›A so und net anders muaß amal die meinige sein.‹

»Der Wirtin Töchterlein,
Die trägt ein himmelblaues Kleid,
Sie schwärmt fürs Blaue
Zum Zeitvertreib.«

Eine Kompanie Soldaten zieht durch die Straße.

»Ei darum, Maderl, Maderl, wink, wink, wink!
Unter einer grünen Lialind
Sitzt ein kleiner Fink, Fink, Fink,
Ruft nur immer: Maderl, wink!«

Vor der Tür des Martlbräustüberls stehen vier Mädchen und winken: die Tochter der Wirtin, die Kellnerin, die Frieda und die Hanni. Und es winkt die Tochter dem jungen Leutnant mit den spiegelnden Ledergamaschen, die Kellnerin der ganzen Kompanie, die Frieda dem gestrengen Feldwebel und die Hanni dem Offizier, der auf seinem Fuchsen hinter der Mannschaft dreinreitet, eine Zigarre in der behandschuhten Linken hält und die Rechte mit der eleganten Reitpeitsche grüßend an die Mütze führt, indes ein leises Lächeln über sein Gesicht huscht. Die Hanni schaut mit großen, brennenden Augen dem tänzelnden Pferd mit seinem Reiter nach. Und sie hört kaum, daß der Briefträger vor sie hintritt und sagt: »Hat euch des zwoafarbige Tuch wieder ganz und gar vom Verstand bracht! He da! – Frailn

Johanna Rumpl! Für Eahna hab i heut allerhand: amal was Amtlichs und was Grichtlichs und an Briaf vom Schatz. Und für d' Frau Martl hab i heut aa was. Hier, Frailn Berta. Es is vom Herr Bruader. Soo. Und jetz is's gar. Jetz habe die Ehre, meine Damen!« Das Fräulein Berta reißt hastig den Brief aus dem Umschlag, überliest den Inhalt und läuft mit dem Ruf: »Der Ferdl kommt!« lachend ins Haus zur Mutter. Die Hanni aber starrt auf die drei Schreiben und kann sich auf keine Weise einbilden, was sie enthalten. Und so öffnet sie zuerst den Brief, der zu Schönau gestempelt wurde. »Von dahoam«, murmelt sie mit einem seltsamen Gefühl; »wer denkt denn da no an mi? ...«

... *Geschrieben zu Öd in Baiern den Irtag vor Pfingsten. Liebe Rumplhanni ich mache dir kunt und zu wissen, daß mir die Wabm wo deine Grosmuter ist heute eingraben ham. Ist recht guet gstarbm und hat es dir vermacht ales mitsamt den Hauß. Ich habe es den Herr Bezirksamt gesagt und du wirst es schon erfahren. Jetz ist auch meine libe Wabm wo ich mich so guet unterhalten kann gegangen. Wan wird entlich auch mir meine Stunt schlagen. Ich bin ein fünftes Rat am Wagen. Der Pauli hatz Gschäft von mir kauft und er heurat osent in ein sechs Wochen die Enhueberkellnerin wos du wol kenst die Res. Sie habm ihm z' Frankreich ein Hax abgschossen. Lebe gesunt und klüglich und sei gegrißt von deinen Nachpar Schmied. Das meine zwo Bubm gefallen sind wirst du wol wissen. Wan wird er auch mich holen, der boanerne Gfater. Ich bin bereit, Grus Huffschmied.*

Die Hanni steht stumm und bleich; und ihr Gedenken eilt hin in das Häuslein zu Öd, hin in die niedere, armselige Kammer, darin ihr Ähnlein in den letzten tiefen Schlaf gesunken ist. Sie steht vor der Heimgegangenen, begleitet sie auf dem letzten weiten Weg, hin zum Freithof in Schönau; und sie steht vor dem schwarzen Hügel mit dem verrosteten Kreuz, betrachtet im Geist die düstere Kammer, hört das Rieseln und Kollern der Erdschollen, das Beten des Pfarrers, das Singen des Lehrers; sie schaut auf das Häuflein Menschen, die da um die Grube stehen, gaffen und lusen und gedankenlos ihr Vaterunser um eine friedliche Ruhe für die Entschlafene herunterleiern, indes abseits einer ist, der alt Hufschmied von Öd, dem das Wasser in den Augen steht und der seufzt: »Wann kommt endlich auch deine Stund?«

Und langsam füllen sich auch ihre Augen mit Wasser, rollt eine Zähre auf das Papier. Mittendrin aber schüttelt sie etwas von sich ab, strafft sich zur Höhe und wischt sich rasch über die Augen. Dann öffnet sie die beiden andern Schreiben, ersieht daraus, daß ihre Mutter, die sie eigentlich nie recht kannte, irgendwo in einem Krankenhaus verstarb, und daß sie, die Johanna Rumpl von Öd bei Schönau in Bayern, die alleinige Erbin des Besitzes und der Habe ihrer Großmutter ist. – Also mehrt sich das Gut der Hanni um ein gerechtes Häuflein Geld und Sach; davon besonders zu benennen ist das Kästlein in der alten Gewandtruhe mit siebzehnhundert alten Silbergulden und einem vergilbten Schrieb desselbigen rothaareten Steinmüllersohnes von Kreuz, den das Urahnl der Hanni beinah als seinen Eheherrn hätt um die Finger wickeln können, wenn das schwarzhaarete Kindl nicht gewesen wär. In dem Schrieb aber bekannte er sich noch: als den in Lip demütigen und getreien Knecht und Buhl Andreas, wünschte seinem Waberl eine gute Zeit und glückhafte Genesung von einem liplichen Kindtlein. – Die Hanni hält das rauhe, modrige Papier lang in ihren Händen, und ihr Blick betrachtet die ungelenken Schriftzüge des Toten. Und es kriecht langsam in ihr eine verlegene, ungute Scham herauf darüber, daß auch sie einen Burschen einhandeln wollt um eine Spitz-

bubentat. Aber da blinken und gleißen die Guldenstücke lockend aus dem Kästlein und ziehen den Blick hinweg vom Betrachten und Erkennen, vom Bereuen und Fürnehmen. So daß die Dirn darauf vergißt und lieber mit den Fingern in den hellklingenden Münzen wühlt und dabei summt: »Wanns Kronataler regnen tuat – und Guldnstückl schneibn – nachher bitt i unsern Hergott – es möcht's Wetter a so bleibn!«
Im Hause des Martlbräu herrscht Lust und Freud. Der einzige Sohn, der Ferdl, ist auf Urlaub heimgekommen und wurde empfangen mit Blumen und Girlanden, mit Willkommengrüßen auf Transparenten und einer Jubelhymne auf dem Klavier. Und die Mutter preist ihr Glück, daß sie ihren Buben wiedersieht, freut sich über seine goldenen Borten und die Knöpfe an seiner grauen Uniform, die ihn als Vizewachtmeister der Feldartillerie kennzeichnen, und läßt Freund und Nachbarn teilnehmen an Glück und Freud; indes der Vater zufrieden und wohlwollend den Erzählungen des Sohnes lauscht und das schlichte schwarze Kreuz in der Hand hält, betrachtet und es danach den Stammgästen zeigt. Die Schwester des Herrn Vizewachtmeisters aber prangt in Festgewändern, hüpft und tänzelt um den feschen Bruder herum, hat hundert Pläne im Kopf und eine Menge Vorschläge im Mund, wie der Ferdl am besten seine zehn Tag Urlaub in Saus und Braus und in ihrer Gesellschaft hinbringen könnt, und weint schließlich vor heller Enttäuschung und Verzweiflung darüber, daß der »fade Mensch« am liebsten bei der Mutter in der Küche oder beim Vater in der Stube hockt, raucht und sich darüber freut, daß er endlich ein bißl ausruhen und zu sich selber kommen kann.
Eine aber ist, die dies Heimhocken des Herrn Ferdinand Martl nicht bedauert, die Hanni. Für sie ist die Ankunft des Sohns vom Haus ein Ereignis wie die Erscheinung eines neuen Kometen für den Sterngucker.

Und ein Gedanke steigt in ihr auf, wächst riesengroß und beherrscht am End das ganze Denken, Sinnen und Trachten der Dirn: der Gedanke, eine Brücke zu bauen hin zu den Besitztümern des Martlbräu. Also beginnt sie sogleich ihr Werk; sie kleidet sich nach dem Vorbild etlicher feiner Herrschaftsmädchen, die abends immer das Bier holen, nur mehr in himmelblaue, getüpfelte Waschkleider, trägt weiße Schürzen mit gestickten Spitzenträgern und zwängt die Füße in schmale, braune Spangenschuhe. Auch versucht sie, ihr dichtes schwarzes Haar modisch zu richten, wellt und brennt und steht abends lang vor dem Spiegel, frisiert und probiert, flicht sich Zöpfe und löst sie wieder, macht sich Schnecken und Locken, Scheitel und Tuffen, bis sie endlich eine Haartracht findet, die ihr vorteilhaft genug erscheint, um sich in den Augen des Herrn Ferdinand ins rechte Licht zu setzen. Dazu ist sie von einer frischen, kindlichen Heiterkeit, schafft und werkt mit einer riegelsamen Emsigkeit und macht sich also schier unentbehrlich bei der Wirtin, die, des Lobes voll über die Hanni, wiederholt zu ihrem Sohn sagt: »So oane, wie d' Hanni, so tüchtig und so nett, Ferdi, und dazua aus an guatn Haus, so oane möcht i glei als Schwiegertochter. Der tät i's Gschäft schon anvertraun!«
Und der Herr Ferdl schmunzelt, sagt gar nichts und ist gegen die Hanni von einer gleichmäßigen höflichen Freundlichkeit, läßt sich von ihr die Uniform ausbürsten, die Ledergamaschen polieren und sagt zu seinem »Danke« stets auch noch: »liebs Hannerl« oder »liebs Kind«, kneift sie in die Wange oder tätschelt sie schier väterlich zärtlich. Dabei dann die Hanni alle Register ihrer galanten Kunst gezogen hat, lacht, scherzt, mit Blikken betört und mit allerhand Reizen lockt, die Zähne zeigt und die frischen roten Lippen spitzt, und doch wieder sich scheu und schier unnahbar macht, wenn ihr der

gesunde, heißblütige Mensch gefährlich erscheint. So treibt sie dies Spiel eine ganze Woche und bringt damit ihren unentwegten Verehrer, den Metzgerhans, in nicht geringe Wut und Verzweiflung, also daß er in groben Worten seine Meinung sagt: »Laß dir nur Zeit! Es is scho oana, der wo sorgt, daß d' Baam net in Himmel wachsen! Dei Hochmuat tuat scho aa no an Kniafall, wart nur!« Doch die Hanni lacht und denkt: ›Du brummst mir guat! Du hast glei ausbrummt, wann amal i da herin was z' redn hab! Du wirst dein Strohsack schnell vor der Tür habn!‹
Inzwischen geht die Zeit des Urlaubs rasch dahin, und der letzte Sonntag, an dem der Herr Ferdl noch zu Haus bei den Eltern weilt, bricht an. Und der Herr Vizewachtmeister sagt am Vormittag zu seiner Mutter: »Heut nachmittag möcht i no gern an Kameraden aufsuchen. Wenn i abends net heimkomm zum Essen, bin i dort eingladen; daß d' es weißt.« Die Hanni hört's. Und sie sagt sich: »Heut oder nie. Heut hab i mein Ausgang. Der Kamerad wart't schon.« Also steht sie gleich nach der Mittagszeit droben in ihrer Kammer, wäscht und schrubbt an sich herum, kleidet sich vom Fuß bis zum Kopf nagelneu und betrachtet endlich befriedigt ihr Spiegelbild. In dem einfachen schwarzen Lüstergewand mit dem feinen weißen Spitzenkragen, dem soliden Hut und dem sauberen Schuhwerk sieht sie besser aus als manche Bürgerstochter, die in Modefähnchen und auf überspannten Stöckelschuhen einhertrippelt. Ihre Finger schlüpfen in die schwarzen Lederhandschuhe, sie nimmt den neuen Schirm aus dem Koffer und geht hinab in die Küche, wo sie von der Frieda und dem Fräulein Berta sogleich wegen ihres »feschen« Aussehens bewundert wird. Da aber in dem Augenblick draußen an der Schenke der Herr Ferdinand seinem Vater grad zum Abschied die Hand gibt, so hört die Hanni nicht mehr auf das Gerede, sagt kurz:

»Pfüagood« und geht durch die große Toreinfahrt aus dem Haus.
Der Herr Vizewachtmeister geht langsam, seine Handschuhe zuknöpfend, mit rasselndem Säbel, der Straßenbahn zu. Die Hanni folgt ihm in kurzem Abstand. Er zündet sich eine Zigarette an und besteigt einen Wagen, der stadteinwärts fährt. Die Hanni springt geschwind in den Anhängwagen, verlangt: »So weit's geht!« und läßt ihren Vogel nicht aus den Augen. Der steht rauchend und sinnierend in einer Ecke, bis der Schaffner ruft: »Maximilian-Lenbach-Platz die nächste!« Da wird er unruhig, zündet sich an der abgebrannten Zigarette eine neue an, schaut suchend aus dem Wagen, faßt den Säbel und steigt aus. Auch die Hanni verläßt den Wagen und folgt dem rasch Dahineilenden wie der Jäger einer Wildspur. Jetzt biegt er in die schattige Anlage ein, grüßt einen Offizier, dankt etlichen Soldaten und verlangsamt seine Schritte. Elegante, aufgeputzte Menschen gehen an ihm vorüber, folgen ihm, überholen ihn. Und die Hanni denkt: ›Jetz is der rechte Augenblick da. Jetz kann er net aus!‹
Sie überlegt, wie sie ihn begrüßen, anreden soll; da läßt ihr etwas das Blut schier gefrieren ... Eine hochgewachsene Dame in duftigen Gewändern eilt plötzlich auf den Herrn Ferdl zu, er streckt ihr beide Hände hin, sie begrüßen sich mit einer großen Zärtlichkeit und Freude und schlingen ihre Arme ineinander, indem sie lachend und scherzend zu einem Wagen gehen, dem Kutscher etwas zurufen und davonfahren. Und also die Hanni, schier zur Salzsäule erstarrt, stehen lassen.
Es währt eine gute Weile, bis die starre Bewegungslosigkeit von ihr weicht, die Augen sich langsam grünlich färben, die Zähne sich knirschend aufeinanderpressen und die Brust wild arbeitet vor Wut und Enttäuschung. Mit einem Ruck macht sie kehrt und geht planlos dahin,

bis sie sich doch zu guter Letzt daheim in ihrer Magdkammer wiederfindet. Am Abend dieses Tages sagt die Hanni das erstemal zum Metzgerburschen: »Lieber Hansl!«

Beim Martlbräu geht's heiß her; denn drüben in der Au ist Jakobidult, und der erste Sonntag bringt schon eine Menge Gäste zum Mittag, so daß die Wirtsstuben dicht besetzt sind. Da geht's in der Küche an ein Kochen und Braten, Werken und Plärren, Klopfen und Hacken; die Wirtin befiehlt, die Frieda grandelt, die Hanni läuft und schwitzt, und die Hausmagd klappert und rasselt mit dem Geschirr, daß man kaum das Rufen und Schreien der Kellnerinnen und der Tochter vom Büfett her versteht. »Drei Leber-, eine Nockerlsupp! Zwei Fleisch mit Koirabi, ein Niern-, ein Brust-, ein Schloßbratn, Gröst'te, Kartoffel- und Gurkensalat!« Das Fräulein Berta wiederholt diese Bestellungen; die Frieda gibt sie an die Wirtin weiter, und diese ruft: »Hanni, a Nockerl- und drei Lebersuppn kriagt d' Aushilfmarie! An Gschloß-, an Niern- und an Brustbratn herrichten! Zwoa Ochsenfleisch hat s' aa bstellt! San die Gröst'n hergricht? Zwoa Koirabi, an Gurken- und an Kartoffelsalat hin!« – »Und i kriag an Rindsbratn mit Ganze, zwei Schweinskarree mit Gmischten und ein Hackbratn mit Andivi, Frau Martl!« ruft die Lina; »und fürn Herr Amtsrichter an Schweinsbratn aufhebn! Der Herr Rat is aa no net da! Seine gfüllte Brust fei net hergebn! An Andivi, hab i gsagt, zum Hackbratn! Habts an Herrn Kommissär sei brat'ne Haxn reserviert?« – »Ja, ja!« sagt die Frieda grandig; »der werd s' scho kriagn, sei ewige Haxn!« Und sie wendet sich an die Wirtin: »Frau Martl, schreibn S' auf, bittschön: an Kommissär sei Haxn, an Rat sei Brust und an Amtsrichter sein Schweinsbratn.« – »Und an Statzionsmoasta sein Kopf bis um oans bacha!« erinnert die Tochter in dem Augenblick. »Wenn der sein Kopf net kriagt, macht er an Krach, und was für oan!« – »Is scho wahr!« sagt die Wirtin erschrocken; »Herrschaft, den hätt i jetz bald vergessen! Hanni! Gschwind an Statzionsmoasta sein Kalbskopf auslösen! Und an Kommissär sei Haxn in a Degerl nei! Können S' an Rat sei gfüllte Brust aa glei dazutoa und den Schweinern vom Amtsrichter!« Derweil bestellen die Kellnerinnen schon wieder aufs neue eine Menge Fleisch, Salat, Suppen und Gemüse, und die in der Küche wissen schier nimmer, wo sie zuerst anpacken sollen. Aber es geht dennoch alles seinen Gang; eins ums andre wird fertiggemacht, und schließlich ist auch dieser Sturm vorüber, die Küche wird still und leer, und auf das Getriebe folgt die Ruhe des Nachmittags für alle, auch für die Hanni. Die Wirtin aber ist voller Anerkennung und sagt: »Hanni, i bin recht zfrieden mit Eahna. I wollt, mei zukünftige Schwiegertochter wär amal so tüchtig wie Sie! Aber wer weiß, was mei Ferdl für eine heirat ...« Aha. Die Hanni wüßts schon ein wenig, wie sie ausschaut, und daß sie keiner Martlbräuin gleichsieht! Aber – Schweigen. Und die Hanni lächelt nur zufrieden und tut weiter ihre Pflicht. Indes der Metzgerhansi immer mehr den Narren an ihr frißt und sich fest und steif in den Kopf setzt: »D' Hanni oder gar koane!«

Etliche Tage später tritt ein Soldat zum Martlwirt in die Stube. »Herr Martl, morgn geht's dahin – ins Feld. Heut auf d' Nacht derfan S' uns no an kloan Abschiedsschmaus und a guate Maß herrichten. Fünfasiebazg Mann san ma.« Der Martlbräuwirt reibt sich diensteifrig die Hände und meint: »An Abschiedsschmaus sagst. Ja, is scho recht. Gefreut mi, wanns kemmts. Werd scho richtig auftragn. Da, magst vielleicht schnell a Wetschinia? A guate Zigarrn raucht ma alleweil gern. Und a Maß trinkst schnell. Die ghört nachher für 's Ansagn.« Und dann geht er hinaus in die Küche, wo der Metzgerhans eben allerhand Fleischbrocken aus dem Sudhafen nimmt und zur Hanni sagt: »Geh, Hannerl, sperrn S' mir 's Schlachthaus auf!« – »Hans! Hast ghört! Unserne Landwehrleut von der sechsten ham eahnan Abschied heunt auf d' Nacht. Machst mehra Milzwürst, gell. Und richst a paar gspaltene Haxen her und etliche Kalbsschäuferl. D' Hanni kann dir ja helfa, daß d' fertig wirst bis um fünfe.« Also gibt der Wirt seine Befehle, und alles richtet sich danach: Die Wirtin stellt die Speiskarte zusammen, das Fräulein Berta zählt die Bierzeichen und die Zahlmarken, die Frieda stellt eine Menge Häfen und Tiegel auf den Herd, die Küchenmägd putzt Salat ein und wäscht Kartoffel, und die Hanni geht mit dem Hans hinab ins Schlachthaus, um ihm zu helfen bei seiner Arbeit. Da heißt's Fleisch wiegen, Zwiebeln schneiden, Gewürze richten, Netze waschen, Milz und Bries in Stücklein hacken und das Wurstbrat rühren. Und der Hans sagt: »Hannerl, a Zitrona reibn! Hannerl, an Petersil fein schneidn! Hannerl, hast jetz du no gar koan Hochzeiter im Sinn?« – »I? O mei! An so was denk i gar net! Wo ham S' denn an Pfeffer, Hans?« – »Da is er drin. Wie wärs denn, wannst jetz amal a bißl an oan denkn tätst, Hannerl?« Er schneidet etliche Zwiebeln und wischt sich das Wasser aus den Augen. »I wüßt dir an recht an braven Hochzeiter, Hannerl. An recht an ordentlichen.« – »Jetz fangt er halt scho wieder mit dem Gschwatz an!« sagt die Hanni; aber sie fragt doch nach einer Weile, während er anfängt, die Kalbsnetze zu waschen: »Kann er a Frau ordentli ernährn?« Der Hansl wirft sich in die Brust. »Ah mei! Ernährn! Was willst denn! Heut no kaaf i dir an Martlbräu, wannst es habn willst! Heut no!« Die Hanni schmunzelt. Aber sie sagt scheinbar verwundert: »Ah so! Also bist du der Hochzeiter!« – »Ja, allerdings. Weil i moan, daß 's dir am End do net gar so ernst gwesn sein kunnt, 's letztemal ... Mit deiner Absag ...« – »Aha.« Sie arbeiten eine Weile schweigend dahin. Bis die Hanni fragt: »Lebt dei Vata no, Hans?« – »Ja. Warum?« – »Und dei Muatta?« – »Naa; scho lang nimmer. A Schwiegermuatta hättst net z' fürchten ...« – »Die fürchtet i a so net. Wia, hast 's Brat gsalzen? Naa! Also, schaug oana nur den gedankenlosen Tropf an!« – »Dees macht d' Liab, Hannerl.« – »Oder dei Dummheit. Für dees da is net zum helfa, und für dees ander aa net.« – »Dees wollt i aber bezweifeln. Denn wennst mi aa gern hättst, nachher bräucht i ja nimmer dumm z' sein!« Die Hanni lacht voll Spott. Aber sie schaut ihn doch so an mit ihren Augen, daß er sich wie verhext vorkommt und schwer schnauft. Doch sie hält ihn am Schnürl. »Wo hast dein Spagatt? Sand die Netzln sauber? Tua fein net wieder so viel nei, wie 's letztemal! Net daß 's wieder oane zreißt!« Doch nach einer Zeit fängt sie abermals an zu fragen: »Is dei Vater no aufn Gschäft?« Der Hans erwidert: »Ja. Aber dees schadt ja nix. I nimms gar nia, dees sein'. I bleib alleweil in München herobn.« – »Aha. Was moanst jetz, daß der Martlbräu kosten tät? I moan bloß ...« – »Ja mei ... a so a zwoamalhunderttausad scho; und alleweil seine fufzg, sechzg Anzahlung.« – »Mhm.« – Aha. So viel hat er also mindestens zu kriegen als Heiratsgut. Das ist nicht schlecht. Gar nicht schlecht. »Mei, da brauchetst halt aa wieder oane mit an Geld«, sagt sie lauernd; »mit ana armen Kucheldirn kunntst da alleweil net anfanga!« Sie spaltet mit festem Hieb eine Kalbshaxe. Der Hans lacht; denn er kennt das Kapital, das in ihr steckt. »Moanst!« sagt er scheinheilig. »Moanst, daß alleweil der Geldsack wieder nur zum Geldsack taugt? Naa, mei Liabe! Die, wo mir i einbild, die braucht gar nix z' habn als a bißl a

Liab zu an braven Hochzeiter. Und an guaten Humor.« – »Ja no. Aber oane, die net amal a richtige Hoamat hat, und net amal gscheite Eltern, die möchst halt aa net ...« – »Für dees kunnst ja du nix, wenns bei dir a so der Fall waar ...« – »Aa scho. Recht hättst scho. Wieviel Haxen soll i denn spalten?« – »Viere. Und nachher hilfst mir no a bißl beim Z' sammputzen. Und am Sonntag gehst mit mir ins Apollo, Hanni. Und wenn 's dir recht is, nachher schreib i's mein Vater ...« – »Hm ... Was schreibst eahm denn?« Sie lacht leise in sich hinein. Und schaut ihn doch wohlgefällig von der Seite an. »No ... daß i jetz a Hochzeiterin hab ... Hannerl ... Dees hoaßt ... wennst mi magst mit mein Glasaug ...« Ob sie ihn mag? Sie blinzelt schmunzelnd zu ihm hin und sagt langsam: »Wenn i di mag, sagst. – Ja, Hansl, i mag di ganz gern. I kann di ganz guat leidn. Aber i bin halt grad a Pfannaflickersdirndl. Und mehra wie fünftausend Mark Bargeld hab i aa net ...« Der Hansl fährt herum. Und nimmt sie lachend um den Hals. »O du liabs Schaf!« sagt er und küßt sie frisch auf den Mund; »du bist mei Hanni, und damit Punktum! Und auf Kirchweih heiratn mir.« Also ist die Rumplhanni Hochzeiterin und hat, was sie gewollt: a Haus und a Kuah und a Millisupperl in der Fruah.

Die Martlwirtin und ihre Tochter gehen zusammen auf den Markt, und die Frieda folgt mit dem großen Armkorb hintendrein. Es ist nicht mehr lange hin auf Martini, auf die Zeit, wo die Gänse am besten schmecken und am leichtesten zu haben sind. Und also kauft die Wirtin fünf Stück, indem sie meint: »Heut glangens. Aber wenn unser Hanni Hochzeit hat, derf ma keck zehne bsorgn. Denn der Hans hat viel Bekannte. Mi gfreuts, daß die zwoa zsammkommen.«

Unterdessen sitzt der Wirt daheim in seinem Bräustüberl und liest fröstelnd die Zeitung. Doch ist er nicht so recht dabei, denn er starrt alle Augenblick nachdenklich vor sich hin und seufzt hie und da tief auf. Wo mag jetzt der Ferdl sein, der Bub? ... Seit vier Wochen ist keine Karte, keine Nachricht mehr von ihm gekommen. Da tritt ein Telegrammbote ein. »Herr Martl ...« – Er ist schon wieder dahin. Und der Alte dreht das Papier unschlüssig zwischen den zitternden Fingern ... »Was werd dees ... no ... so geh halt auf ... es werd do net der Bua ... Herrgott ... der Ferdl ... mei Bua ... is tot...« Wie ein Baum fällt der Wirt in einen Stuhl. »Mei Bua ... Mei Ferdl ...«

»Hans, geh, bleib mir heut in der Schenk. Mir is net guat.« Der Martlbräu legt sich todmüd hin auf sein Bett und hält das Telegramm in Händen. Und bohrt und siniert, und bringt doch keinen andern Gedanken zuweg, als: »Mei Bua is nimmer da ...« Ob er's seiner Frau sagt? – »Naa. I kann net. I kann's net. O mei Muatta. Jetz ham mir halt den aa umsonst aufzogn. I kann dir's net sagn, daß mir 'hn nimmer ham.« Er schiebt das Telegramm ein. Und schließt die Augen. Wie das hämmert – und zuckt – und werkt ...

Die Martlbräuin kommt müd heim. »Vata! ... Wo is denn mei Mann, Hans?« – »Der Herr is net guat beinand, Frau Martl; er hat si niederglegt.« – »Unser liabe Zeit! Es wird do nix Ernstlichs sein! I will glei schaugn ...« Sie läuft hinauf in die Wohnung. Und hinein ins Schlafzimmer. »Vater! – Vater! – Is dir net guat?« Nichts rührt sich. »Schlaft er? Dees wär recht. Der Schlaf richt 'hn am ehesten wieder z'samm ...« Sie beugt sich über ihn. Aber – »Allmächtiger! – Vater! Ums Christi, Vaterl! – Naa ... heiliger Himmel, naa! – Es kann ja net sein ...«

Bleich und stumm liegt der Wirt vor ihr. Und hat die Augen für immer zu.

»Frau Martl, in der Joppen vom Herrn, Gott hab 'hn seli, is no allerhand Sach drin.« Die Küchenmagd sagt's. Und die Wirtin holt leise weinend die Dinge heraus: die Tabakdose, das Schnupftuch, den Fleischstempel, das Einschreibbuch, ein Telegramm ... Sie faltet's befremdet auseinander. Und tut einen tiefen Seufzer. »Unser Bua ... mei Ferdl ...« –

Tage schwerer Krankheit, heftigen Fiebers kommen über sie, so daß die Hanni mit der Frieda ganz allein die Küche versorgen muß, indes der Hans die Schenke und das Schlachthaus unter sich hat. Und so wird die Hochzeit noch hinausgeschoben auf eine bessere Zeit.

»Auf Mariä Verkündigung
Kehren d' Schwaiberl wieder um!«

Der Frühling kommt gemach über die Münchnerstadt, und der Metzgerhans bestellt das Aufgebot. Also verkündet drunten in der Pfarrkirche zu Maria Hilf der Priester am Sonntag, der genannt ist Lätare, von der Kanzel herab: »In den heiligen Stand der Ehe haben sich versprochen der ehrenhafte Jüngling Johann Niederhuber, Metzger von Rottalmünster, mit der Jungfrau Johanna Rumpl, Köchin von Öd.«
Und die Hanni läuft von Laden zu Laden, besorgt dies und das, hat den Kopf voller Pläne und die Hände voller Arbeit und ist so zufrieden und gut aufgelegt, wie noch nie im Leben. Der Hans aber verhandelt mit der Martl-

bräuin, die von Tag zu Tag müder und verdrossener im Geschäft wird, wegen des Verkaufs. »Also, was is's, Frau Martl! Jetz wär i halt da und saget: Gebn S'mir die ganz Putschari! – Nachher habn S' Eahnan Ruah!« Und die Martlin sagt nicht nein. »Dees stimmt«, meint sie. »Und a bessere Wirtin wüßt i mir eigentli gar net, als wia d' Frailn Hanni. Ja, i bin recht müad. Recht froh, wenn i mein Ruah kriag.« Also wird die Sache richtig gemacht, und am zweiten Sonntag im Mai laufen etliche Kinder draußen in der Au und droben beim Martlbräu treppauf und -ab und werfen in die Briefkästen der Leute Karten, auf denen zu lesen ist: »Zu ihrer Hochzeit am Samstag, den zwanzigsten Mai 1916, im Martlbräukeller, laden ergebenst ein Johann Niederhuber und Johanna Rumpl. Zugleich geben wir bekannt, daß wir die Martlbrauerei käuflich erworben haben ...«

»Musikanten, laßts Landler erschallen,
Spielts auf in die Martlbräuhallen!
Teats blasen und pfeifen,
In d' Soatn frisch greifen,
Teats trommeln und zithern und harpfan
Und hockts net grad da wia die Karpfan!«

Der alte Niederhuber, ein beleibter, weißhaariger Bauernwirt, steht vor den Musikanten, schnalzt mit den Fingern, schnackelt und singt und zahlt für sein Lieblingsstücklein einen blanken Taler. Dann geht er lachend an die lange, dichtbesetzte Tafel, wo die Basen und Tanten des Hochzeiters als Ehren- und Kranzljungfern in ihrer bäuerlichen Pracht und ihrer verlegenen Schweigsamkeit wie Krippenheilige dahocken und kaum einmal laut lachen oder den Mund auftun zu einer Red. Ringsum ist der Saal gedrückt voll von Gästen und Geladenen, Alten und Jungen, Frauen und Männern, Burschen und Mädchen. Alles unterhält sich, lacht, schwatzt und scherzt, und die Jungen wagen trotz der Kriegszeit hie und da ein kurzes Tänzlein auf dem winzigen Fleck vor dem Musikpodium.

Aber der Hochzeiter? Und die Hochzeiterin? Ei ja! Da steht der Hans in der Schenke, im Bratenrock und weißer Binde, den Rosmarinstrauß im Knopfloch, füllt die Krüge, entkorkt Flaschen, rollt Banzen und schafft und werkt, daß ihm der helle Schweiß auf der Stirn steht! Und draußen in der Küche hantiert die Hochzeiterin im silbergrauen Brautgewand mit Myrtenkranz und Schleier, rührt in den Tiegeln, riegelt die Pfannen, schneidet den Braten und klappert mit Tellern und Platten, indem sie befiehlt, fragt und bald dem einen, bald dem andern Hochzeitsgast aus dem frischgefüllten Krug oder Glas lachend Bescheid tut. Und sie regiert mit fester Hand und lauter Stimm, indes die alte Martlbräuin still und betrachtend auf einem Polstersessel in einer Ecke sitzt und denkt: ›Ja, ja. So hab i mirs alleweil vorgstellt ... meim Buam sei Hochzeiterin ... die junge Martlin ...‹

Also beginnt der Ehestand der Frau Johanna Niederhuber, geborene Rumpl, mit viel Arbeit und fröhlichem Schaffen, und da sie endlich spät in der Nacht das grüne Kränzlein und den Schleier vom Haar löst, sagt sie zu sich selber: »Alsdann. In Gottsnam hab i angfangt. In Gottsnam tean ma weiter. Guate Nacht, Himmelvater, guate Nacht, Himmelmuatta, guate Nacht, Schutzengel. Amen.« Und dann läßt sie sich willig von ihrem Eheherrn hineingeleiten in die Schlafkammer als seine liebe Hausfrau und Martlbräuin.

Ein schwüler Sommertag. Die Sonne brennt nieder auf die Straßen der Münchnerstadt und läßt die Menschen seufzen und nach einem frischen Trunke lechzen. Und einer um den andern: der Ratsherr wie der Kaufherr, der Richter wie der Arbeitsmann, sie alle tun ein festes Gelöbnis: »Heut geh i aber nach'm Feierabend auf an Keller und trink a Maß!« Ja ja. Die Brauherrn haben ihre Sach nicht schlecht gemacht, da sie ihre Lagerkeller außerhalb der Altstadt auf grünende, luftige Anhöhen bauten, mit schattigen Baumgärten umgaben und also nicht nur für den dürstenden Leib sorgten, sondern auch dem müden und ermatteten Geist eine wohltuende Erfrischung boten. Da breiten mächtige Kastanien ihre Kronen aus, da ruht das Auge zufrieden auf saftiggrünen Wiesenflecken, auf gemütlichen, hohen Hausdächern, auf den glitzernden, grünen Wassern unseres Isarflusses und auf dem großmächtigen Schattenbild der Münchnerstadt mit ihren Giebeln und Türmen, die ruhig und erhaben in die leichtgetrübte laue Abendluft hineinragen. Hier sitzt der Reiche bei dem Armen, der Hohe neben dem Niederen; und alle Standesunterschiede verschwinden bei der beschaulichen Ruhe, die über allem liegt und jeden überkommt, der da zufrieden seinen Rettich oder Käs verzehrt und dazu sein Häflein trinkt; und kein anderer Wunsch wird laut als nur der eine: »Wenn's doch draußen auch einmal wieder still und ruhig würde! Wenn halt mein Sohn, mein Freund einmal wieder hiersitzen möcht bei mir und mir Bescheid tun auf die Losung: ›Auf eine friedsamen, glückhafte Zeit!‹«

Droben im Martlbräukeller gibt's an heißen Tagen viel zu tun. Da klappern in der Schenke die Krüge, rollen die Banzen, hallen die Schläge des Schenkkellners, der den Schlegel schwingt und frisch anzapft, bald ein Faß Dunkel, bald ein Faß Hell ... Und der junge Wirt geht zufrieden durch den Garten, begrüßt seine Gäste und plaudert mit Bekannten, indes seine Wirtin, die Hanni, an dem großen Schiebefenster steht und werkt und schafft.

Da tritt einer zu ihr, ein alter, schneeweißer Griesgram, der mit einem bitteren Lächeln sagt: »So so. Da is s' ja, d' Rumplhanni von Öd. Na, Hanni, du hast es, scheints, besser derraten wie d' Ödenhuberleni!« Es ist der Hufschmied von Öd, den die Hanni mit fröhlicher Lebhaftigkeit begrüßt und dann fragt: »Warum wie d' Leni, Schmied?« Der erwidert: »Weilst an gsunden Mo hast, der no seine gradn Glieder hat. Der Hausersimmerl hat s' nimmer. Dees hoaßt: grad wärn s' scho; aber fehln tean halt a paar ... a Hand ... a Hax ... Aber sonst geht's eahm net schlecht ...« Und dann geht er hinein zur Martlbräuin, die ihn nicht gehen lassen will und ihn mit Speis und Trank bewirtet. Und erzählt ihr von der Heimat, von den Hauserischen, von allen. »Und der Staudnschneidergirg hat sei Susann gheirat«, sagt er; »aber sie hausen net guat mitanand.« Die Martlbräuin lächelt. Und denkt an jene Fraueneier, an das Schmalz und an den Buschenreiteranderl, den Karrner. »Und d' Hauserin und die alt Ödnhuaberin san jetz die besten Freund«, fährt der Schmied fort; »und d' Mannetn natürli aa. Und i leb halt so oaschichti im Austrag beim Pauli und denk an meine Buam und wia lang als's no dauert ...« Die Hanni will ihn trösten, aber er sagt: »Naa, Hanni, sag mir nix. Wia s' mir mei Wei auße ham in Gottsacker, da ham s' mir aa mei Hoamat furt. Und die mir wieder oane macha hättn könna, san aa furt ... Und a so geh i halt umanand wia oana, dem d' Henna 's Brot gnommen habn, und schaug oamal ums andermal auf d' Uhr, ob 's no net bald Zeit wird zum Hoamgeh für alleweil.«

Ja ja. So redet das Alter. Die Hanni aber ist jung und denkt: ›Dees hat no Zeit. Mir gfallts in dera Hoamat no

recht guat, und i hab koa Verlanga nach was andern. Und wenn amal dees Kloane ... vielleicht a Bua... 's Martlbräu hat ... nachher hat 's erscht recht no Zeit ...‹
Ihr ehelicher Hausherr bringt sie aus ihrem Sinnieren, indem er zu ihr tritt und sagt: »Hanni, der Herr Postrat hat seine Fleischmarken vergessen. Geh schick d' Marie nüber zu seiner Frau und laß s' holn. Dann kriegt er a abbräunte Milzwurst mit Gurken und Gröst'te. Und i mag oane in der Brotsuppen, Hannerl, gell ...« – Und die Hanni gibt ihre Befehle und richtet danach ihrem Hans die Brotsuppe mit der Milzwurst. Indes draußen im Garten die Gäste still sitzen und auf die Töne der Musik lauschen, die der Abendwind vom Petersturm herüberträgt zum Martlbräu.

# Weitere Bände in der

ISBN 978-3-86615-627-2
272 Seiten

ISBN 978-3-86615-628-9
752 Seiten

ISBN 978-3-86615-631-9
464 Seiten

ISBN 978-3-86615-636-4
144 Seiten

# Süddeutsche Zeitung Bibliothek

ISBN 978-3-86615-644-9
192 Seiten

ISBN 978-3-86615-629-6
160 Seiten

ISBN 978-3-86615-633-3
240 Seiten

ISBN 978-3-86615-634-0
176 Seiten

## Weitere Bände in der

ISBN 978-3-86615-635-7

ISBN 978-3-86615-630-2

ISBN 978-3-86615-640-1

ISBN 978-3-86615-641-8

# Süddeutsche Zeitung Bibliothek

ISBN 978-3-86615-637-1

ISBN 978-3-86615-639-5

ISBN 978-3-86615-642-5

ISBN 978-3-86615-643-2

Weitere Bände in der
# Süddeutsche Zeitung Bibliothek

ISBN 978-3-86615-632-6

ISBN 978-3-86615-645-6

ISBN 978-3-86615-646-3

Exklusiv für Besteller der gesamten Edition.